DREAMBOOKS★

DREAMBOOKS★

DREAMBOOKS★

용을 삼킨 검

6

사도연 신무협 장편소설

ORIENTAL FANTASY STORY & ADVENTURE

dream books
드림북스

용을 삼킨 검 6 혈붕(血鵬)

초판 1쇄 인쇄 / 2015년 2월 6일
초판 1쇄 발행 / 2015년 2월 13일

지은이 / 사도연

발행인 / 오영배
책임편집 / 편집부
펴낸 곳 / (주)삼양출판사 · 드림북스

주소 / 서울시 강북구 도봉로 173, 캠프 6층
대표 전화 / 02-980-2112 팩스 / 02-983-0660
편집부 전화 / 02-980-2116 팩스 / 02-983-8201
블로그 / blog.naver.com/dreambookss

등록번호 / 제9-00046호
등록일자 / 1999년 3월 11일

값 8,000원

ISBN 979-11-313-0161-6 (04810) / 979-11-313-0111-1 (세트)

* 지은이와 협의하에 인지는 생략합니다.
* 잘못된 책은 구입한 곳에서 바꾸어 드립니다.

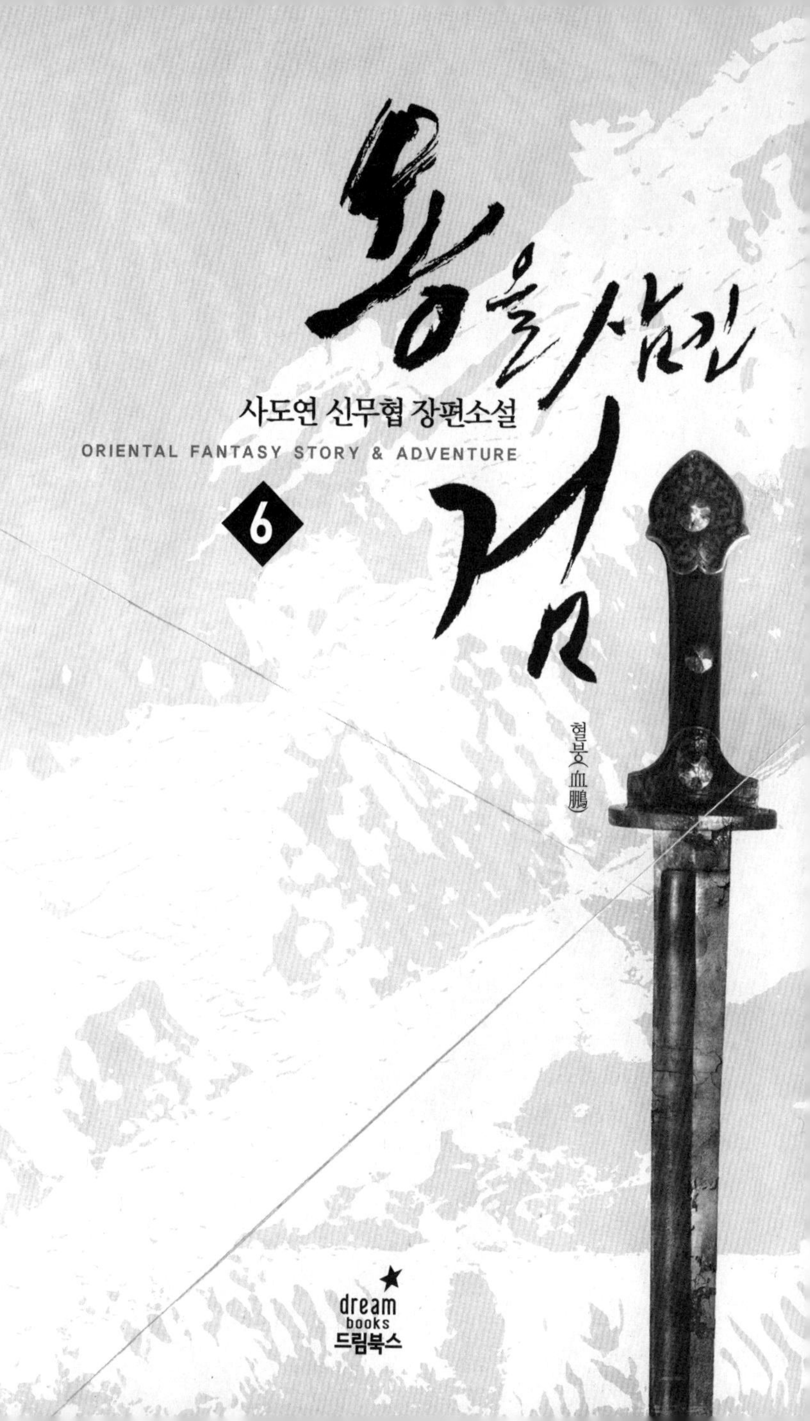
용을 삼킨 검
사도연 신무협 장편소설
ORIENTAL FANTASY STORY & ADVENTURE
6
혈붕(血鵬)
dream books
드림북스

목차

第一章 누명 | 007

第二章 귀병과 검귀 | 033

第三章 하늘을 둔 거래 | 061

第四章 귀곡자(鬼谷子)의 전인 | 095

第五章 흑막의 정체 | 123

第六章 정주유가 | 157

第七章 기반을 세우다 | 199

第八章 새로운 식솔들 | 231

第九章 유부도(幽府島) | 261

第十章 어떻게 된 건지 설명해 | 287

第一章

누명

좌중이 얼어붙었다.

난데없이 소림을 불태운 죄인이라니!

황망하기 짝이 없는 사태에 모두가 놀란 그때, 법승이 소리쳤다.

"그게 대체 무슨 소립니까, 사백!"

분명 사부 홍학과 함께 북궁대연을 막았어야 할 홍개가 여기에 있는 것도 이상하거니와 그가 관군을 끌고 산을 오른 것은 더더욱 이해가 가지 않을 일이었다.

하지만 홍개는 법승 쪽으로 시선도 두지 않았다.

"뭘 하시오! 범인이 저리 있는데!"

이에 나옥이 고개를 끄덕이며 관군을 움직였다.

"한 놈도 남기지 말고 모두 포박하라! 만약 저항한다면 주살해도 좋다!"

관군이 일제히 무성 주변을 에워쌌다.

남소유는 즉각 허리춤으로 손을 가져갔다. 간독 역시 욕지거리를 내뱉으며 비수를 뽑았다.

"니미럴! 이게 대체 무슨 일이야?"

"함정에 걸린 것 같아요."

"그건 나도 보면 알아! 하지만 이딴 식으로 덫을 놓을 줄은 몰랐지! 세상에 누가 소림을 희생양으로 내놓겠냐고!"

"……그건 저도 할 말이 없군요."

남소유는 눈을 가느다랗게 좁혔다.

검병을 쥐는 손길에 힘이 잔뜩 실린다.

'칠까?'

남소유는 조심스레 포위망을 좁혀오는 관군 뒤편에 서 있는 나옥을 노려보았다.

하지만 섣불리 움직이기가 힘들다.

겉으로 봤을 때, 나옥은 그저 평범한 환관 정도로만 보인다.

처처척!

고민하는 사이, 관군이 일제히 포위망을 갖췄다.

진형을 갖춘 솜씨나 풍기는 기도도 만만치 않다. 어중이 떠중이가 아닌 수많은 전장을 전전한 강군이다. 입고 있는 옷도 정갈한 노란색이다.

이것이 뜻하는 바는 하나.

금의위(錦衣衛).

황궁을 수호하는 정예병이다. 금의위는 무림의 고수라 해도 절대 무시하지 못한다. 그들을 수호하는 황권도 무섭지만, 무엇보다 이들이 펼치는 진법과 투기가 두렵다.

한 손이 열 손을 당하지 못하는 법.

제아무리 날고 기는 고수라 해도 수만 명이나 되는 금의위를 당해 낼 수는 없다. 오죽하면 무신 백율조차 황궁과 갈등을 빚기를 꺼려 할까.

하물며 이런 강병을 지휘하는 교위라면 강호에서도 손꼽힐 고수임이 분명하다.

그러나 남소유 역시 탈각을 이룬 고수. 격전을 치르기는 했으나, 아직 날뛸 힘은 남아 있다. 우두머리로 보이는 나옥을 제압하면 길을 뚫을 수 있지 않을까 생각했다.

하지만,

『물러서세요, 남 소저.』

무성의 전음이 그녀의 발걸음을 잡았다.
『왜죠?』
『자세히 느껴보세요. 녀석은 단순한 환관이 아니에요.』
남소유는 잠시 호흡을 가다듬고 나옥의 기도를 집중해서 읽었다.
그 순간,
씨익!
'웃었어?'
갑자기 나옥이 재미나다는 듯이 미소를 지었다.
남소유는 등골을 따라 소름이 돋았다.
"아쉽군. 달려들었다면 즉각 그 예쁜 목을 말끔하게 잘라 주었을 텐데. 켈켈켈!"
"흡!"
나옥이 카랑카랑하게 웃음을 터뜨릴 때마다 남소유는 단전이 흔들렸다.
보이지 않는 손이 목줄을 틀어쥐는 것만 같았다.
『아마 저자도 검귀 중 하나일 겁니다.』
그녀도 잠시 무성에게 들은 적이 있다.
자신들과 똑같이 이법을 단련한 북궁검가의 새로운 정예들. 이미 그녀도 몇 차례 손속을 나눠 봤기에 그들의 무서움을 아주 잘 안다.

게다가 이 주변, 만만치가 않다.

공기가 무겁다.

『우리가 상대해야 할 건 금의위가 아닙니다. 그 뒤에서 우리가 날뛸 때를 기다리고 있는 검귀예요.』

숭산 일대에 걸쳐서 검귀들이 포진하고 있다는 뜻이다. 금의위를 대동했을 정도이니 그 숫자는 절대 적지 않을 것이다.

과연 자신들만으로 놈들을 뿌리칠 수 있을까?

'아니, 뿌리친다고 하더라도 이들은 어쩌고?'

과연 저들이 생존자들을 구해 줄 것인가?

아마 귀병가가 다른 행동을 보이는 즉시 생존자들을 제거하려 들 것이다. 이를테면 인질인 셈이다.

'어쩔 수 없구나.'

이제야 절실히 통감한다.

이건 함정이었다.

자신들을 완전히 옭아매는 함정.

'당신은…… 대체 어떤 생각인가요?'

남소유는 무성을 돌아보았다.

그러나 무성은 대답 대신 입술만 달싹였다.

『일단 지금은 저들이 하라는 대로 들어줘야 합니다.』

어쩔 수 없었다.

반검을 아래로 내렸다.

"쳇!"

잔뜩 약이 올랐던 간독도 무성의 전언을 들었는지 영 못마땅하다는 듯이 갖고 있던 비수를 거뒀다.

세 사람이 싸울 의지를 내비치지 않고 양손을 든다.

금의위는 잔뜩 경계를 하면서 선불리 다가오지 않다가 아무런 반응도 보이지 않은 후에야 뒤늦게 용기를 갖고 다가와 점혈과 포박을 가했다.

"흠, 재미없군. 날뛰어 주기를 바랐는데 말이지."

나옥은 코웃음을 치더니 수하들에게 일렀다.

"포박이 끝났으면 기왕부로 압송한다!"

*　　　*　　　*

무성 등을 압송한 마차가 정주의 저잣거리를 지났다.

"모두 비켜라! 역적 도당을 실은 마차다!"

까랑까랑한 관군의 외침에 사람들은 좌우로 물러선다.

그사이로 마차가 지난다.

철창으로 만들어진 이동 뇌옥 틈 사이로 죄수들이 보였다. 양팔을 뒤로 결박당하고 양발은 무거운 쇠사슬을 찬 죄수들이었다.

"에잉? 이건 또 무슨 일이당가?"

"못 들었나? 역적들이라 하지 않나?"

"그러기엔 너무 숫자가 적으니 그러는 것 아닌가. 한쪽 팔이 없는 외팔이 놈이야 인상도 더러우니 그렇다 쳐도, 보아하니 이립도 안 된 젊은 것들이 한다면 뭘 한다고?"

"초왕부의 왕자를 죽였다더구만."

"초왕이라면 황상께서 가장 아끼신다는 그 아우? 하면 황상의 조카를……?"

"그렇다네."

"허! 미쳐도 단단히 미친놈들일세."

하남의 사람들은 한때 동정호 일대를 떠들썩하게 했던 변에 대해서 잘 모른다. 황하를 무대로 살아가는 그들에게 장강 쪽의 일은 너무 먼 곳의 일이었다.

그래서 그냥 그렇겠거니 여기는 것이 대부분이었다.

하지만 북궁검가가 쳐 둔 덫은 귀병가를 아예 묻어 버리는 데에 있다. 민심을 동반하지 않으면 안 된다.

"어디 그뿐인가? 이번에 소림사에다 불을 지른 것도 저들이라더구만."

"무, 뭐? 저 찢어 죽일!"

무림에서는 잊혔다고는 하나, 여전히 소림사는 민중들에게는 영험한 장소다.

당연히 역적들을 보는 눈길이 차가워질 수밖에 없다.

"카악, 퉤! 저런 놈들과 한 하늘 아래에 있다는 것 자체가 마음에 안 드는구만!"

"저런 놈들은 찢어 죽여야 해!"

"삼생을 지옥 불에서 구를 놈들!"

죄인들의 죄상을 알게 된 백성들은 하나같이 욕지거리를 내뱉었다. 성미가 급한 몇몇은 아예 오물통을 가져와 그들에게로 뿌렸다.

죄수들은 아무런 저항도 하지 못하고 가만히 얻어맞기만 했다.

금의위 소속의 교위, 하유룡(賀遊龍)은 죄인들이 뒤집어쓰는 오물통을 보면서 자신도 똑같이 당하는 느낌에 인상을 찌푸렸다.

며칠 전, 그는 초왕의 막내아들, 친영군 주익을 살해한 흉수를 체포하라는 명령을 받았을 때 가슴이 덜컥 내려앉았다.

'제기랄, 걸려도 단단히 잘못 걸렸구나!'

기실 친영군에 대한 사건은 금의위 내에서도 가장 골치를 썩이는 일이었다. 친영군은 황족이면서 무신련의 수장인 무신의 제자이다.

그를 시해한 사건은 황실과 무림, 두 곳을 복잡하게 얽어 버린다.

조정에서는 겉으로 야인들의 집합소인 무림을 인정하지 않는다 하지만, 실상 지방 유지라 할 수 있는 그들을 마냥 무시할 수는 없었다.

특히 강북을 벗어나 강남까지 틀어쥐려는 무신련이라면 더더욱.

그런데 이런 무신련이 친영군을 시해한 흉수에 대해 별다른 제재를 가하지 않았다. 도리어 무신은 흉수를 감싸는 듯한 모양새를 보였다.

황실로서는 엉덩이를 들썩일 수밖에 없는 사태였다.

황족을 시해한 이를 가만히 두다니!

이는 황실에 대한 모욕이나 다름없는바.

당연히 많은 이들의 이목이 집중될 수밖에 없다.

'보통 황족시해범이라면 모가지만 댕강 잘라 버리면 그만이지만…… 문제는 무신이 어떻게 나올지 모른다는 거잖아. 게다가 녀석에 대해 캐내다 보니 동정호에서의 사태도 도저히 넘길 수가 없고.'

무성에 대해 이것저것을 조사하다 보니 알게 된 사실.

예전에 친영군을 비롯한 여러 고관대작들의 자식들을 시해했던 범인과 동일범이라는 점이었다.

문제는 그놈이 죄를 물어 사형을 당했다는 것이다!

사형을 당한 놈이 버젓이 살아 있다는 것. 절대 쉽사리 넘길 수가 없다. 곧 피해자들의 부모들이 알게 될 터인데 이때 후폭풍은 어찌 감당할 것인가.

'황실, 아니, 조정 차원에서 아예 개입하려 들 거야. 놈을 살려서 뒤로 빼돌린 무신련에게도 이 사태에 대해 해명을 요구할 것이고. 충돌은 불가피해.'

생각할수록 한숨만 나온다.

이건 한 놈의 목을 자른다고 진정될 일이 아니다.

야인을 짓누르려는 조정과 황권 따윈 개소리로 여기는 무도한 무림.

두 곳 모두 절대 물러서지 않으려는 것이 보인다.

이를 진정시키기 위해 최전선에서 활동하는 자신이 얼마나 고생할지는 불에 보듯 뻔한 일이다. 자칫 무림 고수를 만나 불귀의 객이 될지도 모른다.

"하아아!"

하유룡은 땅이 꺼져라 한숨을 내쉬었다.

아무리 걱정을 해도 사태가 나아질 기미가 도저히 보이질 않으니 더 걱정이다.

"그나저나 이치는 끝까지 다른 게 없구만."

그는 슬쩍 이동 뇌옥에 앉아 있는 흉수, 무성을 보았다.

무성의 꼴은 가관이었다.

갖가지 오물을 뒤집어써 몸에서는 썩은 내가 진동한다. 옷은 다 헤져 누더기가 따로 없다. 몸은 시퍼런 멍으로 가득하다. 피가 흐르다 엉켜 붙은 자국도 있었다.

주변에는 크고 작은 돌멩이가 나뒹굴었다. 소림사를 불살랐다는 말에 백성들이 돌팔매질한 흔적들이다.

보통 사람이라면 크게 다치고도 남을 터.

그런데도 무성은 망부석처럼 꿈쩍도 않았다.

제압될 때부터 기왕부로 압송될 때까지 가만히 앉아 있기만 할 뿐. 그 뒤로는 일절 미동도 없다.

"독한 놈."

하유룡은 이를 갈며 버럭 소리를 질렀다.

"일어나, 이놈아! 여기가 무슨 너희 집 안방인 줄 알아?"

무성이 스르르 눈을 떴다.

그러자 언뜻 드러나는 귀화.

'무, 무슨 눈빛이!'

하유룡은 저도 모르게 움찔거리는 마음을 진정시켰다.

천하의 금의위가 한낱 역적 따위에게 겁을 먹다니. 동료들이 알았다면 두고두고 놀려 먹었을 일이다.

하유룡은 굳게 잠겨 있던 자물쇠를 열었다.

끼익! 문이 활짝 열렸다.

"나와라!"

무성은 자리에서 일어나 밖으로 걸음을 옮겼다. 현기증이 도는지 살짝 비틀거렸지만 다시 자세를 갖춘다.

사흘 내내 끼니를 거르고 강행군을 했으니 어지러운 모양이다. 하물며 내공을 제압당해 몸은 범부만도 못하니.

그러나 관군들은 그런 무성의 사정을 이해하지 않았다. 하유룡이 명령을 내리자, 도리어 성을 내면서 거적때기를 옮기는 것처럼 질질 끌었다.

"어휴! 뭔 냄새가 이렇게 심해!"

"이거 똥내 아냐? 빠릿빠릿하게 못 움직여?"

하유룡은 무성이 뇌옥의 가장 심처에 갇히는 것을 지켜보았다.

"특이한 술수를 부리는 것이 무림 종자들의 특징이니 문을 단단히 봉해 놓으라. 하물며 녀석은 그들 중에서도 손꼽히는 고수였다고 하니 감시에 있어서도 절대 소홀히 해서는 아니 될 것이다. 알겠느냐?"

"예!"

"예!"

하유룡은 우렁차게 대답하는 간수들을 보며 고개를 끄덕였다.

이들이 있으니 걱정은 없을 듯했다.

어차피 뇌옥 밖에는 수시로 금의위들이 번을 서고 있을 테니 문제가 생겨도 언제든지 수습이 가능하다.

하유룡은 이제 앞으로 있을 골칫거리들을 어떻게 중재할 것인가 머리를 굴리며 뇌옥을 나서려 했다.

바로 그때, 무성이 입을 열었다.

"한 가지만 여쭈겠소."

"뭐냐?"

골치만 썩이게 만드는 놈이니 말투가 좋을 수가 없다. 그래도 여태 말이 없던 놈이 처음으로 무슨 말을 할까 궁금하기도 했다.

"같이 잡혀 온 동료들은 어찌 되었소?"

"모른다. 어딘가 따로 투옥되었겠지. 곧 있을 취조에서 만날 수 있을 테니 그때 가서 직접 확인해라."

결국 의젓한 척해도 네놈도 별수 없구나 하고 여기며 하유룡은 간수들과 함께 뇌옥을 나섰다.

무성은 다시 눈을 감았다.

여느 이동 뇌옥에 있을 때와 똑같이.

무성이 다시 눈을 뜬 것은 약 한 시진 후였다.

'여기까지 저들이 따르라는 대로 순순히 따랐으니 생존

자들은 더 이상 걱정하지 않아도 되겠지.'

화르륵!

어둠 사이로 한 쌍의 귀화가 타올랐다.

'하지만 우리에게 쓰인 혐의는 풀리지 않았어.'

무성은 이동 뇌옥에 있는 내내 계속 머리를 굴렸다.

저들이 노리는 노림수. 북궁검가가 쳐 둔 계략. 의도. 누명. 그 뒤에 있을 계산까지.

문제는 이를 뒤집을 방법이 없다는 점이었다.

'점혈은 얼마든지 풀 수 있어. 문제는 검귀. 과연 저들을 따돌리고 탈옥할 수 있을까?'

무성이 읽은 검귀의 숫자만 해도 물경 일백.

녀석들은 무성 일행이 이동하는 동안 계속 따라서 이동하면서 요처를 장악하고 있었다. 길목을 차단해 탈출을 사전에 방지하겠단 뜻이었다.

하물며 뇌옥 주변에도 감시의 눈을 두지 않았을까.

'설사 모두 물리치고 탈옥에 성공한다고 해도 문제다. 초왕은 절대 자식의 원한을 버리려 하지 않을 거야. 설사 간독의 기반으로 숨어든다 해도 평생 쫓기는 삶만 살아야겠지. 독천은…… 꿈도 못 꿔.'

이 일을 계획한 사람은 분명 무성과 귀병가의 꿈을 읽었을 것이 틀림없다.

'게다가 녀석들의 노림수는 우리에게만 있지 않아. 무신련의 붕괴까지 유도하고 있어. 자칫 황실이 흔들릴 수도 있고.'

무성은 황실과 무신련의 충돌까지 읽었다.

제아무리 무신련이 대단하다고 한들 백만 대군을 동원할 수 있는 황실을 당해 낼 순 없다. 특히 기왕부에는 십만의 병력들이 언제든지 닷새 거리에 있는 무신련 총단으로 진격할 수 있다.

'대체 누구지? 누가 있어서 이런 수를 내놓은 거지?'

대국을 볼 정도로 뛰어난 식견을 가진 자가 아니라면 절대 획책할 수 없는 일이다. 특히 흑막은 분명 무성에 대해 잘 알고 있을 가능성이 크다.

북궁대연?

'아니. 녀석은 꼭두각시야. 나에 대한 원한을 부추겨서 이 일을 끌어낸 시발점에 불과해. 녀석이 죽고도 검귀들이 누군가의 통제를 받는 게 증거야. 검귀를 다루는 자. 그자가 흑막이야.'

나옥은 검귀 중에서 가장 강해 보였으나, 역시 아니다.

그럼 영호휘?

'아니. 놈도 아니야. 제아무리 녀석이 복수에 미쳤어도 무신련을 무너뜨릴 시도는 하지 않아. 놈의 무신련에 대한

애증은 상상을 초월하니까.'

영호휘는 무성과 손을 잡고 무신련을 뒤집을 때에도 절대 근간을 흔드는 짓은 하지 않았다. 자신의 것이라 여겼기 때문이다.

또 누가 있을까?

'없어. 아무리 생각해 봐도.'

그렇다면 이야기를 반대로 돌려서.

죽은 이들 중에는?

'있어. 딱 한 명.'

무성이 눈을 가느다랗게 좁혔다.

'유상.'

북궁검가에 잠복해 천옥원을 만든 장본인이며 영호휘의 오른팔로서 거룡궁의 기틀을 마련한 자. 하지만 결국 그 재능이 한유원에게 가로막혀 파멸하고 만 이.

마뇌라는 별호는 절대 무시할 수 없다.

하나의 수를 미끼처럼 던져 여러 개의 계책을 덫처럼 뿌리는 그만이 이런 수를 내놓을 수 있었다.

'하지만 녀석은 이 세상 사람이 아니야. 그렇다면 그와 동문수학 했거나, 친분이 있는 자가 아닐까?'

*　　*　　*

'상공, 이제 얼마 남지 않았어요.'

금태연은 두 주먹을 가슴 앞에 나란히 모았다.

사형제지간으로 만났으나 절절히 사랑했던 남녀.

하지만 시조를 따라 암중에서 천하를 경영하고자 하는 사부의 강권에 못 이겨 두 사람은 강제로 찢어져야만 했다.

금태연은 북궁검가의 며느리로. 유상은 영호휘의 오른팔로.

유상은 영호휘의 명령에 따라 북궁검가에 잠복하여 거꾸러뜨리고, 이법을 개화시키며, 무신련을 전복하기 위한 발판을 마련했다.

전부 사부님의 의중이었다.

금태연도 여태 그와 똑같은 삶을 살았다.

하지만 이제는 다르다.

'더 이상 사부님의 의중 따윈 없어. 이건 내 의도야.'

금태연은 전부 엎어버리고자 했다.

자신의 사랑을 망가뜨리고 연인마저 앗아간 무성과 무신련, 전부를.

"도착했소, 모사."

홍개의 말에 금태연은 퍼뜩 정신을 차렸다.

고개를 드니 기왕부가 눈앞에 있었다.

지금까지 한 일들은 시작에 지나지 않는다. 제대로 계획을 진행하려면 지금부터가 중요했다.

“그럼 들어가죠.”

사부님이 붙여준 또 다른 심복, 홍개와 함께 금태연은 천천히 안쪽으로 걸음을 옮겼다.

* * *

무성은 생각했다.

‘유상과 관련이 있는 자라면 충분히 가능해. 나뿐만이 아니라 영호휘가 있는 무신련까지 무너뜨리려고 획책하는 것도 가능하고.’

여태 뜬구름만 같았는데 이제야 윤곽이 잡힌다.

하지만 여전히 어렴풋하게만 보이는 안개다.

‘녀석은 절대 밖으로 내게 얼굴을 내비치려 하지 않을 거야. 무인이기도 했던 유상과 다르게 철저히 모사인 자다. 끌어내려면 판을 뒤집어야 해.’

무성 역시 한유원의 진전을 이어받은 바. 따지자면 모사로서의 재능을 조금이나마 꽃 피웠다고 볼 수 있다.

하지만 전문적인 모사와 머리싸움을 하려면 턱없이 부

족하다.

“틈을 만들어야 해. 틈을.”

단단한 성곽처럼 보이는 이 계획에 틈을 내려면 어떻게 해야 할까?

*　　*　　*

기왕(冀王)의 왕부에 손님이 찾았다.

“소녀, 금태연이 기왕 전하를 뵈어요.”

“승려 홍개가 전하를 뵙습니다, 아미타불.”

“허허허! 어서 오시구려. 책사, 그리고 국사. 그렇지 않아도 두 사람이 어서 돌아오길 오매불망 기다리고 있었다오. 역적들을 잡아오느라 수고가 많으셨소.”

기왕 주일윤(朱溢允)이 손수 걸어 나와 두 사람을 맞았다.

금태연이 공손한 자세로 물었다.

“무슨 일이라도 있으신지요?”

“있다마다. 그대들이 데려온 죄수들로 인해 내 머리가 이만저만 아픈 것이 아니라오. 일단 자세한 건 안으로 들어가서 이야기 나눕시다. 아, 나 첩형도 따라오게.”

“예이.”

나옥이 예의 카랑카랑한 목소리로 고개를 숙인다.

기왕은 영 못마땅하다는 듯이 인상을 찡그렸지만 더 이상 내색하지 않았다.

황제의 눈과 귀라 할 수 있는 동창은 여러모로 지방의 권력자들에게 신경이 쓰이는 존재일 수밖에 없다. 특히나 황도(皇都)의 방벽이라는 자부심을 갖고서 십만 대군을 보유한 기왕으로서는 더더욱.

기왕의 안내에 따라 세 사람은 왕부 안쪽으로 들어섰다.

초왕과 함께 황족들 중 가장 큰 권력자라는 기왕의 왕부는 아주 컸다.

금태연이 한평생을 보냈던 무신련과 마치 누가 더 화려한가 비교라도 하듯이 끝도 없을 정도로 건물이 이어져 있었다. 그렇게 도착한 장소는 기왕의 집무실이었다.

기왕은 시녀들에게 자신의 허락 없이 어느 누구도 들이지 말라 누누이 당부를 하고 문을 닫았다.

"그래. 이제 그런 난리를 부렸는데 어찌할 거요?"

처음 환영을 하는 것처럼 보이던 것과 다르게 기왕은 짜증이 가득한 투였다. 마치 다른 사람이 들어온 것처럼 분위기가 확연하게 달랐다.

"초왕이 부탁한 대로 그대들을 도와주긴 했지만 이건 사안이 커도 너무 크지 않소?"

천 년 사찰 소림사가 불길에 휩싸였다.

그것이 주는 파장은 절대 얕지 않다.

"민심이 동요하고 있소. 저잣거리에는 요상한 소문이 떠돌고, 하루에도 몇 번씩 왕부 앞에는 백성들이 달려와 숭산을 그 꼴로 만든 놈들을 당장 목을 자르라 소리치고 있소. 병력을 파견해 민심을 수습하고는 있지만, 이대로 두다가는 자칫 폭동이 일어날지도 모른단 말이오."

기왕은 진심으로 후회하고 있었다.

'애초 이 수상쩍은 연놈들을 받아들이는 게 아니었어.'

기왕은 초왕과 촌수로 사촌이다. 권력 때문에 부모자식 간에도 갈등이 빈번한 황족들 사이에 사촌은 거의 남남이나 다름없다. 더군다나 둘 사이는 오래전부터 좋지 않았다. 무엇보다 이들의 출신지가 마음에 안 들었다.

금태연은 스스로를 정주유가에서 나온 책사라고 했다.

정주유가.

작게 기업으로 보자면 기왕부와 함께 전통 깊은 정주를 양분하고 있는 세력이고, 넓게 대국으로 보자면 군사력을 두고서 다투는 숙적이다.

십만 군사의 소유주인 기왕부와 병권을 틀어쥔 병부상서의 정주유가는 사사건건 부딪치기 일쑤다.

초왕부와 정주유가. 두 곳이 손을 잡아 이 일을 획책했으니 기왕으로서는 신경이 날카로워질 수밖에 없다.

기왕으로서는 여러모로 이번 사안을 피하고 싶었다.

'네놈들이 근래 기른다는 사병만 아니었다면 신경 쓰지도 않았겠지.'

검귀라고 했던가?

정주유가와 병부에서 특별히 비밀리에 양성한다는 정체불명의 군사들은 근래 각 전장에서 혁혁한 공을 세우고 있다. 명분이 달리기 시작한 기왕부로서는 검귀의 비밀에 대해서 알아내기 위해서라도 어쩔 수 없이 이번 일에 끼어들어야 하는 상황이었다.

"어디 그뿐인 줄 아시오? 황도에서 따로 연락이 왔소. 놈에게 자식을 잃은 고관들이 놈의 모가지가 잘리는 꼴을 보겠다고. 덕분에 본 왕부는 완전히 쑥대밭이오!"

"그것은……!"

"무엇보다!"

기왕은 변명을 하려는 홍개의 말꼬리를 잘랐다.

그의 두 눈이 분노로 타올랐다.

"그 자리에는 내 여식도 있었소! 만약 그 아이가 잘못되었다면 너희들 중 아무도 살아남지 못했을 것이다!"

턱수염이 부르르 떨린다.

더 이상 존대 따윈 없다. 두 눈은 분노로 가득했다.

소림사에서 구출된 인명 중 사찰에 백일치성을 드리러 간 여식을 발견했을 때는 얼마나 놀랐던가!

다행히 다치지 않긴 했지만, 그때를 생각하면 아직도 가슴이 철렁였다.

"그러니 말해 보라. 이제 너희들이 어찌할 것인지."

근엄한 목소리가 두 사람의 숨통을 옥죈다.

한평생 황제를 호위해 왔던 나옥도 깜짝 놀랄 정도의 위엄이었다.

부리부리한 눈매가 서슬 퍼런 기색을 띠는 그때, 금태연이 공손한 태도로 나섰다.

"사실 신경 써야 할 것은 황도와 민심뿐만이 아닙니다. 무림, 그 자체라 할 수 있는 무신련도 있지요. 황도에서는 진무성을 빼돌린 무신에게 책임을 물려 할 것이고, 무신은 제자처럼 아끼는 진무성을 살리기 위해 개입을 하려 할 거예요."

"그, 금 시주! 지금 무슨 헛소리를!"

홍개가 엉덩이를 들썩였다.

기왕의 화를 달래도 부족한 판국에 도리어 기름을 더 끼얹고 말았으니!

역시나 기왕의 눈썹이 분노로 꿈틀거렸다.

그렇지 않아도 영지 내에서 버젓이 병장기를 들고 오만

방자하게 활보하는 놈들을 그는 증오했다.

그러나 금태연은 여전히 태연하게 말을 이었다.

"하지만 옛말에 위기는 기회와 같이 온다고 하였어요. 이번 사안은 전하께 독이 아닌 약이 될 수도 있음을 아셨으면 합니다."

"내게 득이 된다? 방법이 있단 뜻인가?"

"예."

"말해 보라."

"저들의 목을 자르시지요."

"그게 무슨 방법이란 게냐? 어차피 곧 죽을……."

"그냥 자르라는 게 아닙니다. 최대한 빨리. 가능하다면 오늘 밤, 백성들이 바로 보는 앞에서 아주 거창하게 자르십시오."

"……!"

기왕의 눈이 커졌다.

단순한 강도 사건도 처리하는데 목격자와 증거를 찾는 등 시간이 걸리는 법이다. 하물며 이번 사안은 복잡해서 증좌를 조작하는 데만 시간이 소요된다.

그런데 바로 죽이라고?

第二章

귀병과 검귀

무성의 생각이 깊어진다.

'어떻게든 나를 최대한 빨리 제거하려 들겠지.'

정체를 알 수 없는 적은 무성의 일거수일투족에 대해서 상세히 잘 알고 있을 가능성이 크다.

더불어 나아가 무신련까지 무너뜨리려 한다.

정체 따윈 모른다.

무신련과 적대하고 있는 만독부일 수도 있고 만야월일 수도 있다. 황실과도 연결 고리가 있는 듯하니 어쩌면 무성이 감지하지 못하는 제 삼의 세력일지도 모른다.

하지만 한 가지만은 확실하다.

흑막에서 활동하는 이런 자들이라면 최대한 빨리 변수를 제거하려 들 터.

'그 전에 이쪽에서 먼저 친다.'

틈이 보이지 않는다면 틈을 만들면 그만이다.

화르륵!

어둠 속에서 귀화가 타올랐다.

무성은 생각을 정리하고 손으로 바닥을 두들겼다.

탁! 탁! 탁!

고요한 방을 따라 소리가 잔잔히 퍼졌다.

*　　*　　*

"시간을 끌수록 전하께는 불리합니다. 황도와 무신련에서 손을 쓰려 할 테니 그 전에 처리하셔야 해요."

"반발이 심할 텐데?"

"그래도 진행하셔야 합니다. 가면 갈수록 전하께는 부담이 되실 테니까요."

"애초에 이걸 노렸군. 나를 제대로 엮기 위해서."

"……."

"그래. 좋다. 보통 때라면 과인을 농락한 대가로 오체를 분시 해야 할 테지만 기회를 주지. 그 뒤에는? 어떻게 해야 하지? 생각해 둔 게 있을 텐데?"

"왕부의 이름으로 소림사의 재건을 약속하십시오."

"재건이라?"

"예. 백성들은 황도와 조정의 눈치를 보지 않고 가차 없이 죄인들의 목을 친 전하께 깊게 탄복할 것입니다. 그리고 거창한 역사(役事)에 환호와 지지를 보내겠지요."

"일리 있는 말이로군. 하지만 재건 비용은? 왕부의 재정으로는 딱하다."

"애초 저들은 역적입니다. 공은 전하께 있으니 도당들을 토벌하는 명분도 전하께 있지 않겠습니까?"

"전가(傳家)의 보도(寶刀)로 삼으란 뜻이냐?"

기왕은 그제야 머릿속이 탁 트이는 기분이었다.

때때로 '역적 토벌' 은 조정의 반대편을 숙청하는 가장 좋은 명분이 된다.

하물며 십만 대군을 운영하는 막강한 군사력을 가진 기왕이 명분을 지니게 되었을 때, 그 권력은 이루 말로 표현할 수 없다.

하남에 있는 수많은 명문 대족들이 자라목이 되리라.

몸을 바짝 엎드리고서 기왕이 하라는 대로 따를 수밖에 없다. 재건 비용은 거기서 충당하면 된다. 왕부에 따로 떨어지는 떡고물도 적지 않을 터.

기왕은 흐뭇하게 웃으며 물었다.

"하면 낙양의 무뢰배들은?"

무신련을 말함이다.

"잘라 버린 목을 초왕부로 보내십시오."

"오! 모든 책임을 초왕에게로 돌리자?"

"전하께서는 한발 물러서십시오. 모든 것이 초왕부의 사주이니 그들에게 알아보라 하시면 됩니다."

"좋은 생각이로군!"

기왕은 손바닥을 마주 치며 아주 기뻐했다.

막강한 권력을 손에 틀어쥘 뿐만 아니라 오랜 골칫거리였던 초왕을 쓸어버리는 좋은 기회가 찾아왔다. 황제의 눈치가 보이긴 하지만, 황도에서 손을 쓰기엔 초왕의 영지는 너무 멀다.

"한데, 정주유가는 초왕부와 손을 잡았던 게 아니었나?"

"필요에 따라서 오늘의 아군이 내일의 적이 될 수도 있는 게 아닌지요? 그리고 초왕부와의 거래는 저들을 추포하는 것으로 끝난 것입니다."

"마음에 드는 대답이로군."

기왕은 마음이 편안해지고 여유가 생기자 다른 여러 가지 생각이 들었다. 그의 눈이 탐욕으로 젖었다.

"참으로 그대의 지혜가 뛰어나다. 정주유가의 지낭이라고 했던가?"

"예."

"어떠냐? 본 왕부로 임관할 생각은 없느냐? 과인은 그대가 마음에 든다. 때에 따라서는 내명부의 품계를 내릴 의향도 있는데."

내명부. 빈(嬪)으로 맞아들이겠다는 뜻이다.

미모면 미모. 재지면 재지. 탐날 수밖에 없다.

"말씀은 감사하오나, 소녀는 아직 지아비와 시아비를 잃은 지 얼마 되지 않은 청상과부인 몸입니다. 어찌 성은을 입을 수 있겠사옵니까?"

기왕이 더 뭐라고 말을 하려던 바로 그때였다.

별안간 나옥이 나섰다.

"전하, 잠시 실례하겠습니다. 키키킥!"

째지는 목소리로 기왕의 말을 막더니 갑자기 문을 벌컥 열며 검을 뽑아 바깥쪽으로 휘둘렀다.

"이게 무슨 짓이냐!"

그러자 들리는 호통 소리. 위엄으로 가득하지만 여인의 것처럼 가늘다.

기왕은 너무나 익숙한 목소리에 허겁지겁 일어나 밖으로 나섰다.

나옥의 검이 닿은 곳에는 가녀린 체구의 여인이 제자리에 서 있었다.

기왕의 딸, 벽해공주(碧海公主)였다.

나옥의 검이 금방이라도 목을 찌를 듯이 위태롭다.

칼끝을 보는 벽해공주의 눈빛은 차가웠다.

소림사가 화마에 휩싸이던 당시. 그녀는 무너진 전각에 하체가 깔려 자칫 위험에 처할 뻔했다. 그걸 도와준 것이 무성과 귀병가였다.

응급처치로 무성이 그에게 준 약이 무엇인지는 알 수 없으나, 그것이 절대 그저 그런 것이 아님은 잘 알았다.

그렇지 않았다면 기식이 엄엄했던 자신이 이렇게 금세 자리를 털고 일어날 수 없었을 테니.

그래서 어떻게든 은인들을 구하기 위해 발 벗고 나서려 했다. 아버지를 설득하려 왔는데 충격적인 이야기를 듣고 말았다.

한데, 자리를 피하던 와중에 이 꼴이 되고 말았다.

"공주, 네가 왜 이곳에?"

기왕은 가슴이 덜컥 내려앉아 횡설수설을 하다가 여전히 검이 위압적으로 딸을 노리는 것을 보고 울컥했다.

짜악!

그는 나옥의 따귀를 날리며 호통쳤다.

"눈을 어디다 달고 다니는 것이냐!"

"죄송합니다."

나옥은 입 안이 다 찢어져 피를 흘렸지만 조용히 검을 거두었다. 하지만 태도와 다르게 살짝 숙인 눈에서는 광기가 일렁였다.

"어디 다친 곳은 없느냐?"

"괜찮아요, 저는."

벽해공주는 목숨의 위협을 느낀 상황인데도 불구하고 의연한 태도를 고수했다. 보통 여인이 가지기 힘든 대단한 기백이었다.

"게 밖에 누구 없느냐!"

"부르셨습니까?"

환관들이 재빨리 들어왔다.

"어서 공주를 방으로 옮기고 어의를 불러라."

"전 괜찮아요."

"아니. 그래도 혹시 무슨 일이 있을지 모르지 않느냐."

"예. 공주님, 저희를 따르시지요."

환관들이 벽해공주를 모시려 나선다. 하지만 벽해공주는 손을 뻗어 환관들의 손길을 거부했다.

"잠깐만!"

그녀는 아랫입술을 질끈 깨물더니 기왕에게 소리쳤다.

"아버마마, 방금 전에 나누셨던 대화. 정말이신가요?"

그제야 기왕도 아차 싶었다.

그동안 벽해공주는 혹시 아버지의 집무에 방해가 될까 싶어 평소 집무실을 절대 찾지 않았다.

그런데도 찾아온 이유라면 간단치 않은가.

"벽해야, 그것은……."

"그분들은 저를 구해 준 은인이세요. 숭산에서 혈겁을 저지른 괴한들로부터 저를 보호해 주셨다고요! 그런데 그런 은인들을 어찌 그러시나요!"

"그래. 그들은 은인들이지. 하지만 감히 황족을 시해한 흉수다. 네겐 육촌 오라비가 되는 이를 죽인 자다. 제국 안에, 아니, 내 영지 안에 그런 이는 있을 수 없다."

"하지만……!"

"이 일은 왕부의 일이다. 더 이상 네가 관여할 필요가 없어."

"제 일이기도 해요!"

"뭣들 하느냐! 어서 공주를 방으로 데려가지 않고!"

"아바마마! 아바마마!"

벽해공주는 결국 환관들에게 끌려 사라졌다.

기왕은 인상을 살짝 찡그렸다.

그라고 해서 왜 양심의 가책을 느끼지 않을까.

하지만 권력에는 부모자식도 없는 법. 딸을 구해 준 은혜가 고마우나, 감히 황족을 시해한 점은 절대 묵고할 수 없는 일이었다.

"나옥!"

"예이."

"오늘 밤, 묘시 경에 형을 집행할 것이다. 그때까지 모두 준비를 해두라."

"예이!"

나옥이 물러선다.

기왕은 피곤한 기색이 가득한 얼굴로 말했다.

"그리고 금 모사, 홍개. 이번 일이 끝나면 약조한 대로 그것을 내놓는 것을 잊지 마라. 일이 이렇게 된 이상 반드시 챙겨야겠으니."

검귀를 양성할 수 있는 방법을 말함이다. 기왕부와 정주유가, 초왕부 간의 거래에서 약조된 선물이었다.

"당연한 말씀이십니다."

금태연의 입가엔 어느덧 미소가 맺혔다.

"후우! 큰 곤욕을 치를 뻔했소이다."

홍개는 기왕과 나옥이 사라진 후에야 안도에 찬 한숨을

내쉬었다.

금태연과 기왕이 설전을 벌이는 내내 몇 번이고 심장이 덜컥 내려앉는 기분이었다.

"한데, 금 시주, 한 가지만 여쭈어도 되겠소?"

"말씀하시지요."

"형을 왜 이리 빨리 집행하려는 거요? 도리어 목을 계속 붙여두는 게 황실과 무신련의 충돌을 더 크게 끌어낼 수 있을 터인데."

"거래를 할 수 있으니까요."

"거래?"

"예. 황실로서도 무신련은 부담스러운 상대예요. 이제 더 이상 조정의 눈치를 보지 않고 무림을 일통하려 들고 있으니까요. 아마 두 곳은 충돌보다는 뒤로 거래를 하려 들지도 몰라요. 그리되어서는 큰일이지요."

"그도 그렇구려."

"무엇보다 진무성, 그자가 가장 걸려요."

홍개는 이해가 가지 않아 고개를 갸웃거렸다.

"이제 아무것도 못 하는 놈이잖소?"

"잊지 마세요. 놈들은 귀병이에요. 아무것도 가진 게 없으면서 무신련을 크게 흔들었던 귀병. 그리고 진무성은 그들의 우두머리였죠."

"으음!"

"특히 진무성은 자신에게 가해지는 수많은 계략들을 보라는 듯이 꿰뚫으며 그 자리에 올랐어요. 마뇌도, 신기수사도 그에게 당했지요. 저라고 해서 다를까요?"

"차기 문곡(文曲)으로 거론되는 금 시주라면……."

"아니에요. 절대 낙관해서는 안 돼요. 놈이 다른 수를 부릴 수 없게 최대한 빨리 처치해야만 해요."

확실히 무성이 소림사의 연화옥진을 돌파한 모습은 대단하기는 했으나, 결국 일개 개인이 아닌가.

이렇게 앞뒤가 모두 차단되어 고립되고 만 녀석이 무슨 수를 쓴다는 것인지.

"그리고 정신없이 일을 휘몰아쳐야 상황을 우리 뜻대로 끌어낼 수 있지 않겠어요?"

"하긴. 그도 그렇구려."

기왕은 무신련의 저력을 잘 모른다.

단순히 초왕부를 붙여 두 세력의 기력을 꺾으면 된다고 여기지만, 그녀가 그렇게 둘 리 만무하다.

무신련은 초왕부가 아닌 기왕부로 직행할 것이다.

그리고 곧 직면하게 되리라.

무신련이 가진 저력을. 그리고 무신의 분노를.

금태연의 미소가 차갑게 빛났다.

*　　*　　*

탁! 탁! 탁!

어디선가 자꾸만 울리는 소리.

거슬린다.

"젠장! 이렇게 갇혀 있는 것도 귀찮아 죽겠는데 이건 또 뭐냐고!"

간독은 인상을 잔뜩 찡그렸다.

억눌린 몸. 칭칭 감긴 포승줄.

독방에 갇혀 죽음만 기다려야 한다는 처지가 싫다.

아주 오래전에 거경패에게 당해 누명을 썼을 때가 자꾸 생각난다.

미래 따윈 전혀 없던 나날들. 과거만 곱씹으며 원한을 불사르던 때가 아닌가.

"대체 무슨 생각이야, 애송이 그 자식은?"

마음 같아서는 다 때려 부수고 싶은 것을 이렇게 꾹 누르는 건 그의 성미에 맞질 않다. 기다리는 것이 그의 장기라지만 그것도 계획이 있어야 가능하지, 무작정 가만히 있으려니 좀이 쑤신다.

탁! 탁! 탁!

"씨파! 대체 저게 뭐냐고!"

탁! 탁! 탁! 탁!

규칙적이던 울림이 이번에는 조금 엇박자가 되고 개수가 하나 더 늘었다.

탁! 탁!

"어쭈? 이번에는 두 번?"

탁! 탁! 타—악!

"가지가지 하는구만. 이 새끼들, 심심해서 이렇게 할 짓이 없나?"

혼자서 천장을 보며 고래고래 소리를 질러 봤자 들어주는 이가 없으면 힘만 빠진다.

조금 지나니 입 안이 바싹 말라 입을 꾹 다물었다.

그래도 미간에 어린 골은 자꾸 깊어졌다.

결국 바닥에 축 늘어져 앉았다.

"근데 꼭 소리가 박자를 타는 것 같은데. 키키킥! 이렇게 보니 꼭 암어 같…… 응? 암어?"

간독은 살짝 인상을 찌푸리다 뭔가를 떠올리고는 다시 벌떡 상체를 일으켰다.

"암어! 이 멍청한! 이걸 왜 이제야!"

간독은 아둔한 자신의 머리를 탓했다.

예전에 무성과 헤어지기 전에 귀병가에서만 쓰일 암어

를 만든 적이 있다.

'일(一)' 이나 '이(二)' , '정(丁)' 자 따위로 아주 간단하지만, 체계적이라 웬만한 문장을 구성할 수 있었다.

그런데 이게 때에 따라서는 소리로 치환할 수도 있다.

짧은 말은 짧게, 긴말은 길게. 가로는 박자, 세로는 엇박자.

단순한 착각일지도 모른다.

상당한 거리가 떨어져 있을 무성이 어떻게 소리를 제대로 전달하겠냐는 생각도 들었지만, 어차피 밑져야 본전이기에 치환을 시도해 봤다.

그래서 나온 문구는 아주 짧았다.

날 찾아.

"니미럴! 이 개 같은 새끼! 내가 무슨 지 쫄다구인 줄 아나! 애송이 새끼가 어딜 어른더러 오라 가라야!"

욕지거리가 절로 나온다.

하지만 간독의 입가엔 미소가 맺혀 있었다.

"네놈이 그런다면 내가 못 찾을 줄 알고?"

점혈이 가해지고 육신이 포박된 상태에서 탈출을 하라는 전언은 무리일지도 모른다.

그러나 간독은 남들에게 모르는 비밀이 있었다.

손으로 복부를 쓰다듬더니 아랫배를 세게 눌렀다.

울컥!

뭔가 목젖을 따라 올라와 혀에 닿는다. 순간, 청량한 향이 입 안을 감돌아 코를 미혹했다.

"후후후! 이게 있을 줄 누가 짐작이나 할까?"

쩍 벌린 입술 사이.

비단 천에 돌돌 말린 환단이 나타난다.

소림사를 떠나기 전에 방장인 홍선 대사로부터 받았던 대환단이었다.

금의위에게 체포될 당시에 소지하고 있던 물건은 모조리 압수될 것 같은 터라, 부랴부랴 옷깃을 찢어 환단을 감아 복밀구검(腹密拘劍)의 수법으로 위장에다 숨겼다.

검문을 피해 귀중품이 든 주머니를 입 안에 넣고 실을 연결해 가장 안쪽 어금니에 묶는 흑도의 수법이었다.

간독은 혀를 움직여 재주 좋게 천 조각을 '퉤!' 하고 내뱉고, 어금니로 환단을 와그작 깨물었다.

환단은 금세 사르르 녹아 목젖을 타고 내려갔다.

아주 짧은 상쾌한 느낌과 함께 단전이 찌르르 울리더니 꾹 눌려 있던 기운이 팽창하며 치솟았다.

퍼퍼펑!

혈을 단단히 봉해 놓던 기운들이 강제로 풀린다. 그뿐만 아니라 여태 막혀 있던 혈도 일부 개통되면서 단전이 금세 가득 찼다.

“으하하하! 점혈을 풀려고 대환단을 먹는 놈은 세상에 나 밖에 없을 거다!”

간독은 별 이상한 데서 쾌락 아닌 쾌락을 느끼며 완력으로 포승줄을 끊었다.

“끄응. 그나저나 몸이 영 뻣뻣하구만.”

끌려오는 내내 끼니도 제대로 잇지 못해서 그런지 근력이 많이 상했다. 하지만 활력은 넘쳤다. 대환단을 먹었으니 공력이 분수처럼 마구 분출된다.

“좋아. 그럼 시작해 볼까?”

바로 그 순간,

팟! 팟!

갑자기 공간을 찢으며 두 명의 무사가 나타나 좌우에서 검을 휘둘렀다.

“네놈들이 검귀라는 놈들이구나! 오냐, 선배로서 오늘 모범을 보여 주지.”

대강 짐작은 했었다.

간수 외에도 따로 자신을 감시하는 놈들이 있지 않을까 하는 생각.

덕분에 간독은 크게 놀라지 않고 침착하게 대응했다.

한 명에게는 바짝 간격을 좁혀 팔꿈치로 명치를 찍고, 다른 한 명은 왼손을 밑에서 쳐올려 턱을 노렸다.

명치를 찍힌 놈은 갈비뼈가 심장과 함께 함몰되어 즉사했으나, 뒤에 공격했던 놈은 철판교의 수법으로 허리를 뒤로 눕혀 공격을 피했다.

콰콰콰!

검이 땅바닥을 긁는다. 검풍이 반원을 그리며 사선으로 쪼개 왔다.

보통 때라면 거리를 늘렸다가 비수를 날릴 터.

하지만 지금 간독에게는 무기도 없거니와 자칫 시간을 끌어서는 다른 검귀와 간수들에게 탈옥 시도를 들킬 수 있었다. 최대한 빨리 끝내야 했다.

지금 간독이 믿을 것은 하나.

'내공!'

대환단이 마구 뿜어내는 기운을 장심에 한껏 끌어 모아 장풍을 터뜨린다.

검귀는 장풍을 베려 했지만 도리어 검이 장풍에 밀려 박살 났다.

압도적인 힘이 녀석을 덮쳤다.

쾅!

"……!"

경악과 함께 검귀는 단숨에 피떡이 되고 말았다.

파스스…….

급격히 발출되었던 기운이 손 언저리를 맴돈다.

간독은 손바닥을 내려다보며 인상을 찡그렸다.

"제기랄. 아까워 죽겠네."

방금 전 날린 일격으로 대환단의 기운 대다수를 통째로 날렸으니 입맛이 썼다.

하지만 간독은 가지지 못한 것을 애써 미련 두지 않는다. 도리어 다른 좋은 것을 빼앗으면 빼앗았지, 꿍해 있는 건 그의 성미에 맞지 않았다.

간독은 죽은 시신들을 한쪽 구석에다 던졌다.

그중 한 명의 옷을 벗겨 자신이 입고 있던 죄수복과 바꿨다. 악취가 심한 옷을 벗으니 기분이 다 상쾌했다. 여전히 몸은 찝찝했지만.

"후후후후!"

가벼운 웃음소리와 함께 어둠 속으로 스며든다.

스르르!

잔뜩 벌어진 입술 사이로 송곳니가 재미나다는 듯 흉흉하게 빛을 번뜩였다.

·

어둠 속에서 간독은 기감을 넓게 펼쳤다.

"더럽게 넓네."

관청도 아니면서 너무 큰 감옥의 규모에 혀를 찼다.

효율성 따윈 개나 주라며 뭐든지 크면 클수록 좋은 줄 아는 황족들의 사치는, 정말이지 알면 알수록 학을 떼게 만들었다.

그러나 덕분에 움직이기가 수월했다.

은신술을 펼친다고 하더라도 통로가 좁으면 몸을 숨기기에 좋지 않다. 하지만 워낙에 넓은 탓에 순찰을 다니는 간수가 있어도 걱정을 하지 않아도 되었다.

필요에 따라서는 제압을 하거나, 순찰을 도는 등의 연기를 하면서 재주껏 의심을 피했다.

기감은 간독과 비슷한 파장을 가진 자들을 찾았다.

그런데,

'이법이 개나 소나 다 익히는 거였어? 뭐가 이렇게 많아?'

감옥 전반에 걸쳐 요처에 숨어 있는 자들.

인원수는 대략 일백 명을 상회한다.

'이놈들이 애송이가 말했던 검귀인가 하는 놈들 맞지? 북명검수의 개량형? 허! 씨파, 잘못하면 떼거리로 당하겠네.'

천옥원에서의 북명검수들은 이제 눈 아래로 여긴다.

하지만 검귀는 다르다. 이법의 깊이가 간독, 자신과 비교해도 절대 얕지 않다. 아니, 어떤 부분에서는 더 깊은 것 같다.

'대가리 수로 밀어붙이면 답도 없겠네.'

간독은 왜 이제야 무성이 정면충돌을 피하고 순순히 제압되었는지를 알 것 같았다. 이런 놈들 틈바구니에서 날뛰어 봤자 피해만 커진다.

그런데도 지금 움직이라고 한 것은 어떤 모종의 대책이 있다는 뜻이리라.

간독은 백여 개의 이법이 동시에 뿌려 대는 경계망 속에서 천천히, 아주 천천히 움직였다.

마치 칼날 위를 걷는 것처럼 아주 조심스럽다.

다행이라면 녀석들은 제자리에 못 박힌 듯 감시만 할 뿐이라는 점이었다. 간독이 찾는 것은 옥실에 갇혀 있는 죄수들에 국한 되어 있으니 기파를 혼동할 리는 없었다.

한참을 움직여 기파가 잡히는 지점 근방에 도착했다.

직각으로 꺾어 들어가기만 하면 된다.

그런데 그쪽에서 들리는 소리가 심상치 않았다.

"으흐흐! 고것 참, 이렇게 보니 정말 예쁜데?"

"야들야들한 게 한 입에 삼켜도 흐물흐물 녹겠어."

"근데 이거 진짜 덮쳐도 아무 문제없는 거 맞지?"

"멍청한 놈아! 역적이라잖아! 그것도 황제 조카를 죽인 미친 연놈들! 게다가 오늘 저녁에 모가지가 잘릴 거라는 소문이 파다한데 그 전에 맛봐야지 않겠어?"

"그, 그런가?"

간독은 영 꺼림칙한 기분에 재빨리 발을 놀렸다.

아니나 다를까, 간수 네 명이 음침한 미소를 질질 흘리며 구석에 내몰린 남소유를 내려다보고 있었다.

남소유는 악의에 찬 눈빛으로 그들을 노려보았으나, 아무런 기력도 없는 지금은 그저 맹수들 앞에 놓인 가녀린 사슴으로만 보였다.

간독은 더러운 기분을 참지 못하고 몸을 날렸다.

쾅! 쾅!

주먹을 날려 가장 뒤에 있던 두 놈의 등을 꺾어버린다. 척추가 박살 나는 소리와 함께 허물어지자, 뒤늦게 남은 두 명이 간독을 발견하고 뒤로 돌아보았다.

하지만 이미 때는 늦었다.

간독은 손날을 바짝 세워 마치 잘 벼린 칼처럼 남은 놈들의 목덜미를 뜯어 버렸다. 시신 네 구가 더해졌다.

남소유가 놀란 눈으로 간독을 보았다.

"간독……."

"이 계집애야, 너는 대체 뭘 하려는 거냐? 멍청하게 앉아서 당하려고?"

"안 당해. 대환단이 있으니까."

"그럼 왜 가만히 있었던 건데?"

"무성이 그러라고 했으니까."

"하! 애송이가 뒈지라면 바로 뒈질 년이네 이거?"

"……."

간독은 기도 안 찬다는 듯이 혀를 찼지만, 남소유는 입을 꾹 다물고서 아무 말도 하지 않았다.

간독은 그런 모습이 더 어이가 없었다.

"뭐야? 진짜 그럴 거냐?"

"……."

"아이고. 내가 미쳐. 속을 읽기 힘든 애송이 새끼랑 거기에 미쳐도 단단히 미쳐서 앞뒤 분간도 못하는 계집년 데리고 내가 뭘 하겠다고."

간독은 투덜거리며 인상을 찡그리며 지풍을 날려 점혈을 풀어 주었다.

"어여 일어나 이것아!"

"하지만 아직……!"

"못 들었냐, 소리? 네 지아비께서 얼른 자기 찾으러 오시란다."

간독의 말이 끝나기 무섭게 남소유가 벌떡 자리에서 일어났다.

"어디야?"

간독은 어이가 이제 아예 가출을 하려는 상황에서 '이걸 뭘 어떻게 타박해야 하나?' 하는 표정을 지었다.

그러나 곧 다시 들리는 소리에 청각을 곤두세웠다.

탁! 타닥!

간독의 표정이 묘하게 변했다.

"음?"

"왜? 뭔데?"

재촉하는 그녀를 보며 간독이 영 떨떠름한 얼굴로 답했다.

"나만 오라는데?"

"뭐?"

"그리고 너에겐 딴 거 시킨단다."

간독은 '그래. 이래야 애송이답지' 라는 표정을 지으며 입을 열어 뭐라고 말하려는 그때였다.

쉬쉬쉭!

갑자기 사방에서 칼바람이 맹렬하게 불어 왔다.

"젠장! 결국 들켰구만!"

남소유를 구할 때 왜 곧장 검귀들이 안 움직이나 싶었

더니 그사이에 탈옥 시도를 다른 곳에다 알린 모양이었다. 기감에 어렴풋이 잡히는 검귀들의 움직임이 아주 활발했다.

콰광!

간독은 우측으로 돌아 입구로 오는 검귀들을, 남소유는 장풍을 뿌려 벽면을 타고 내려오는 검귀들을 막아섰다.

녀석들이 널찍이 물러서자, 간독은 남소유의 허락도 받지 않고 곧장 검귀들에게로 달려들었다.

"뛰어!"

"뭐?"

"밖에 나가서 분탕질 좀 치라고!"

"아!"

남소유는 뒤늦게야 무성의 전언이 무엇인지 깨달았다.

기왕부를 최대한 시끄럽게 만들어라.

이목을 끌란 뜻이었다.

간독과 마찬가지로 그녀도 그 말만 기다렸기에 단숨에 입구 쪽으로 몸을 날렸다.

콰콰광!

귀병과 검귀의 싸움은 그렇게 시작되었다.

*　　*　　*

:

두두두!

감옥이 흔들린다. 고요한 적막이 깨지면서 요란한 소리가 울린다.

'시작했구나.'

무성은 고요히 귀화를 피우면서 내공을 운기했다.

투둑! 투둑!

점혈이 저절로 풀리기 시작한다. 이미 제갈문경의 포혈내박도 풀었던 전적이 있던 그에게 이깟 기운은 아무런 방해도 되지 않았다.

'간독과 남 소저가 만들어 줄 수 있는 시간은 한정되어 있어. 그 안에 끝내야 해. 움직이자.'

무성은 천천히 자리에서 일어났다.

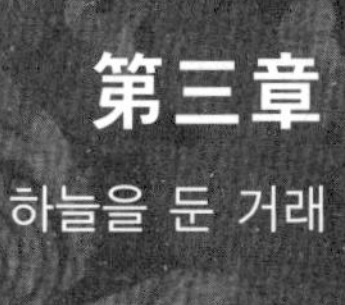

第三章

하늘을 둔 거래

간독은 감옥 안을 종횡무진 누비고, 남소유는 밖으로 나와 왕부를 쑥대밭으로 만든다.

금의위가 제지를 하려 해도 속수무책이었다.

단 두 명이 날뛰는 것인데도 불구하고 여파는 만만치 않았다.

소식을 들은 기왕은 펄쩍 뛰었다.

"때에 따라서는 놈들을 주살해도 좋다! 얼른 막아!"

하지만 시간이 갈수록 상황은 진정되기는커녕 더욱 악화되고 말았다.

"금 모사에게 사람을 보내라. 어서!"

일을 시작하게 만든 것이 정주유가와 금태연이었으니 그들이 이 소란을 정리해야 하지 않겠는가.

*　　*　　*

“기어코 귀병이 사단을 내고 말았군요. 이래서 빨리 처치하려 했던 것인데.”

금태연은 기왕이 보낸 사람을 보고 인상을 찌푸렸다.

“홍개, 가서 상황이 어떻게 돌아가는지 파악해 주세요.”

“금 시주께서는 어찌할 참이시오?”

“저들은 필시 어둠 속에 있는 저를 잡기 위해 혼란을 일으키는 것일 거예요. 혼수모어라는 말도 있으니까요.”

금태연이 차갑게 웃었다.

“그러니 역으로 도로 저들을 잡아야지요.”

*　　*　　*

숭산의 생존자들이 유폐되어 있는 전각 안.

법승은 바깥의 소란을 듣고 일어섰다.

“우야, 들리느냐?”

“예. 대사형. 아무래도 사단이 벌어진 듯합니다.”

그들은 숭산에서 구명을 받았다는 생각을 받은 지 얼마 되지 않아 곧장 기왕부의 별채에 유폐되고 말았다.

나서려 해도 금군들이 보초를 서고 있어 출입이 철저히 통제되고 있었다. 모든 사실을 알고 있을 홍개와의 대면도 기왕부에 온 이후로 한 번도 이뤄지지 않았다.

은인들이 도리어 누명을 쓰고서 감옥에 갇힌 상황. 거기다 역모죄의 혐의까지 받고 있으니 도와주지 못하는 현실이 답답하기만 하던 차였다.

그런데 소란이 벌어졌다.

당연히 누가 일으켰을지는 눈에 보듯 뻔한 일!

“도와드려야 한다.”

“하지만 우리 역시 다칠 수 있습니다.”

“천하의 소림이 언제부터 이리도 몸을 사렸단 말이냐? 중생들의 고초를 모른 척할 셈이냐? 하물며 우리를 구해 준 은인들임에야!”

“위험하실 겁니다.”

“괜찮다.”

법우는 결국 법승의 뜻을 꺾지 못하고 고개를 끄덕였다.

“알겠습니다. 저희들도 돕겠습니다.”

법우는 옆에 가지런히 놓여 있던 불장을 쥐고서 자리에서 일어났다.

그러자 기다렸다는 듯이 다른 승려들도 벌떡 자리에서 일어났다.

거동이 불편한 부상자들까지, 전부.

하나같이 두 눈은 불꽃으로 이글거렸다.

"나가자꾸나."

법승의 외침과 승려들이 하나같이 함성을 질렀다.

오오오!

법승은 승려들을 이끌고서 문을 발로 걷어찼다.

쾅!

화탄이라도 얻어맞은 것처럼 문짝이 그대로 터져 나간다. 이미 그는 숭산에서의 부상을 모두 치료하고 내공을 되찾은 상태였다.

금군들이 이상 사태를 알고 승려들을 제지하려 했지만, 봇물처럼 쏟아지는 법승의 주먹을 당해 낼 수 없었다.

법승이 발자국을 뗄 때마다 금군들은 마치 가을철 부는 바람에 나뒹구는 낙엽처럼 바닥에 나뒹굴어야만 했다.

결국 금의위들이 출동해 검진까지 갖추는 형국이 되었다.

그러나 귀병의 소란으로 주요 인력이 모자란 판국에 당해 낼 재간이 없었다.

거기다 저마다 불장이나 제미곤, 계도 따위를 든 승려들이 뒤따르니 소란은 자꾸 불어나 금세 일파만파로 퍼져 나갔다.

*　　*　　*

"멍청한 놈들!"

소림까지 가세해서 깽판을 부리고 있다는 소식에 기왕은 노호를 터뜨렸다.

한낱 무뢰배들로 인해 왕부가 아수라장이 되고 있었다. 십만 대군의 통솔권을 쥔 기왕의 자존심에 큰 타격이 갈 수밖에 없는 사태였다.

하지만 자존심이 상한다 하더라도 언제 눈 먼 칼날이 날아들지 모르는 일.

하물며 저들의 수장이 황족을 시해한 자인 이상 더욱 각별히 몸을 사려야 했다.

결국 기왕은 사태가 일단락될 때까지 피신하기 위해 호위 병력과 함께 가장 안쪽에 위치한 심처로 이동했다.

그러나 심처에 도착하는 순간, 기왕은 소스라치게 놀라야만 했다.

"너, 너는……!"

기왕이 안쪽을 삿대질하며 경악에 잠긴다.

분명 아무도 없어야 할 공간에는 웬 젊은 미남자 하나가 떡 하니 서서 예를 갖췄다.

"기다리고 있었습니다, 전하. 처음 인사 올리겠습니다. 진무성이라고 합니다."

이에 호위병들이 나섰다.

"감히 역적 따위가 어느 안전이라고!"

"놈을 잡아라!"

호위병들이 기왕을 뒤로 물리며 앞으로 나선다.

하지만 그보다 먼저 무성이 움직였다.

휙!

무성은 가장 먼저 기왕을 가로막은 인의 장막과 맞닥뜨렸다.

두 개의 검이 위에서부터 양어깨를 베어 온다.

무성은 체외로 공력을 단숨에 뿌렸다. 영주가 흘러나오면서 넓게 퍼져 흐릿한 투명 막을 형성한다. 영막이었다.

따다당!

두 개의 검은 소기의 목적을 달성하지 못하고 양옆으로 미끄러졌다. 분명 살갗을 베려 했는데 단단한 벽을 두들긴 듯한 통증에 호위병들의 안색이 굳어졌다.

바로 그 사이에 무성이 쌍장을 세차게 뿌렸다.

퍼펑!

"컥!"

"크윽!"

가슴팍을 후려 맞은 두 호위병이 피를 토하며 튕겨 난다.

분명 생각보다 큰 충격이 아니었는데도 불구하고 그들은 마치 석상처럼 굳어졌다. 마치 간질 환자처럼 몸을 부들부들 떤다. 쩍 벌린 입에서는 새된 비명 소리가 흘러나왔다.

이미 영목은 나날이 하단전에 뿌리를 박아 상단전과의 연결을 이어 나가고 있다. 덕분에 이제는 따로 의도하지 않아도 공력에 더러 영주가 섞여 있었다.

영주는 내가중수법처럼 호위병들의 체내에 침투, 기맥과 혈도에 넓게 퍼져 신경계를 마비시켰다.

하지만 이곳에는 호위병들만 있는 게 아니었다.

쉭! 쉭! 쉭!

공간을 찢으며 세 무사가 나타난다.

사이한 기운을 뿌려 대는 이들. 검귀다. 금태연 측에서 기왕을 회유하기 위해 특별히 붙여 준 이들이었다.

무성은 지체 없이 허공에다 왼손을 뿌렸다.

터터텅!

영주를 돌돌 말아 압축시킨 영환.

소림사에서 탄지신통을 익힌 바가 있던 무성은 그것을 자신에게 맞게끔 개량시키는데 성공했다. 세 개의 손가락 끝에 걸려 있던 영환이 탄환처럼 검귀에 작렬했다.

그런데 영환의 속도가 얼마나 빨랐던지 검귀 중 한 명은 미처 발견하지 못하고 미간이 그대로 뚫렸다.

다른 한 명은 본능적으로 옆으로 튕겨 내려 했다. 그러나 영환은 도리어 강렬한 공력이 실린 검을 그대로 뚫어버리고 목젖에 틀어박혔다.

두 명이 허공에서 피를 뿌리며 뒤로 나가떨어진다.

남은 한 명은 가까스로 몸을 옆으로 틀어 피하는데 성공했다.

그러나 덕분에 움직임이 지체될 수밖에 없는 바.

무성은 그사이에 간격을 좁히며 복부에다 주먹을 박아 넣었다.

펑!

둔탁한 타격과 함께 영주가 내장을 갈가리 찢었다.

털썩!

단숨에 호위병력 다섯을 제거하는데 성공한 무성은 얌전히 기왕 앞에 서서 포권을 취했다.

"전하 앞에서 소란을 일으킨 점, 나중에 달리 죄를 청해 받겠습니다. 다만, 소인이 전하께 드리고 싶은 말이 있어

이리 부득이하게 손을 쓰게 되었으니 이해를 부탁드리겠습니다."

말투는 정중하나, 기백은 잔뜩 날이 섰다.

하지만 기왕은 주눅 들지 않았다.

바로 눈앞에서 왕부가 자랑하는 최고수들이 단숨에 나가떨어졌음에도 불구하고 불쾌하다는 듯이 미간만 살짝 찌푸릴 뿐, 자세는 흐트러지지 않았다.

도리어 다친 호위병들을 살피는 여유까지 보였다.

"검귀는 모두 죽였고 내 호위병들은 살려 뒀군. 이유라도 있나?"

두 호위병은 침음성만 흘릴 뿐 두 눈을 끔뻑거렸다. 운신만 힘들 뿐이지 의식은 남아 있다는 뜻이었다.

무성의 눈가에 이채가 어렸다.

"검귀는 북궁검가의 눈. 저와 전하의 독대인데 다른 눈과 귀가 무엇이 필요하겠습니까?"

"독대라?"

기왕이 차갑게 웃더니 안쪽으로 걸음을 옮겼다.

어찌 보면 무성을 밀치고 안으로 들어가는 모습이다. 자신의 집무실이라고 해도 무성이라는 범의 입 속으로 들어가는 것인데도 불구하고 여유롭다.

기왕은 자신의 태사의에 태연히 앉았다.

만인을 내려다보는 오만한 눈길로 입을 열었다.

"그래. 말해 보라. 허나, 과인의 시간은 비싸다. 만약 별 것 아닌 일인데도 불구하고 이런 소란을 일으킨 것이라면 그대와 그대의 동료들은 절대 쉬이 죽지 못할 것이다."

"어차피 죽을 목숨, 뭐가 아쉽겠습니까? 이렇게라도 기회를 주셔서 감사합니다."

무성은 조심스레 예를 갖췄다.

'대단한 자야.'

무성은 눈을 가느다랗게 좁혔다.

간독과 남소유가 활약을 보인다면 안전을 중시하는 기왕이 따로 은신처로 피하지 않겠냐는 생각에 뒤를 밟아 접촉하는 데까지 성공은 했다.

그런데 막상 기왕을 만나고 나니 예상과 조금 다르다.

압도적인 무력을 선보이면 주눅 들어 하지 않을까 하는 우려와 다르게 태연하다.

도리어 자신을 해할 테면 해 보라고 말한다.

과연 왕은 왕이란 것일까?

십만 군사를 호령하며 황도를 수호한다는 역전의 제후는, 존재감만으로도 태산을 굴종케 하는 위엄이 있었다.

무신과는 또 다른 느낌이다.

'무신이 하늘이라면, 이자는 태산.'

언제나 그 자리에 굳건하게 선 산이다.

"그 전에 한 가지만 물어보마."

기왕이 다리를 꼬며 근엄하게 물었다.

"이만한 능력이 있었다면 숭산에서 도망칠 수도 있었을 텐데 왜 그러지 않았지?"

"생존자가 있었기 때문입니다."

"인질이 될 것을 우려했다는 뜻이냐?"

"그렇습니다."

"하지만 역적이 된다는 것은 제국의 대지 위에서 살지 못한다는 뜻이다. 귀병가라고 했나? 순순히 잡히는 것만으로도 그대들의 죄를 인정하는 것일 텐데?"

"오명(汚名)은 아무래도 좋았습니다. 그들의 안위만 챙길 수 있었다면."

"자신의 안위보다 타인의 목숨이 중요하다? 어리석기 짝이 없구나."

"어리석은 것이 아닙니다. 그것이 협이기 때문입니다."

"협?"

"예. 협입니다."

기왕이 싸늘한 조소를 흘렸다.

"우습구나. 나는 늘 그대들, 무림의 잡배들을 보며 항상 생각했지. 제국의 질서를 흩트리는 협잡이란 협잡은 다 부려 놓고서 저들끼리 협이니 의니 치켜세우는 짓을 가장 경멸해 왔다."

"아닙니다. 협입니다. 이 일은 저희들의 은원에서 비롯된 일. 그곳에 아무런 관련 없는 이들을 끌어들일 수는 없습니다. 힘없고 곤경에 처한 자들을 구하는 것. 힘이 있는 자들이라면 응당 가져야 할 자세입니다."

무성의 확고한 말에 기왕이 피식 웃었다.

"정말이지 우습기 짝이 없군. 역적 주제에 감히 과인을 가르쳐 드느냐?"

가볍게 으르렁거린다.

하지만 무성은 거기서 더 이상 경멸을 느끼지 않았다.

호기심.

기왕이 자신을 바라보는 눈길에 살짝 호의가 섞였다.

'이제 첫 걸음이야.'

기왕이 물었다.

"좋다. 그럼 이제 한번 떠들어 보거라."

무성은 살짝 침을 삼켰다.

'지금 이 순간에도 간독과 남소유는 적과 싸우고 있어. 여기서 내가 어떻게 하느냐에 따라서 귀병가가 하늘로 오를지도, 아무것도 못 하고 목이 걸릴 수도 있다.'

위기는 기회라고 했다.

무성은 이참에 목숨뿐만 아니라 황실과의 은원도 모두 정리해 귀병가의 자리를 확고히 다질 생각이었다.

"우선 이것을 받아주십시오."

"무엇이냐?"

"전하께서 오시기 전에 따로 정리해 본 것입니다."

기왕은 함부로 자신의 물건을 손댔다는 것에 불쾌감을 느끼는 듯했지만, 곧 호기심 어린 눈빛으로 무성이 조심스레 건네는 물건을 받았다.

무언가를 정리해 둔 듯한 서찰이다. 기왕은 내용을 살피다 살짝 놀란 눈이 되었다.

"이것은……?"

"보시는 대로 이법에 대한 것입니다. 검귀를 양성하는 법이라고 생각하시면 될 듯합니다."

"……본 왕부가 이걸 필요로 한다는 걸 어찌 알았지?"

기왕은 크게 놀란 눈치였다.

"생각해 보면 아주 간단한 일입니다. 제가 저지른 죄가 있다고는 하나, 기왕부와 초왕부는 서로 있는 듯 없는 듯 데면데면한 사이입니다. 그런데도 나섰다는 것은 거래 조건이 있다는 뜻이겠지요. 정치에는 절대 '그냥' 이란 게 없잖습니까?"

"단순한 살인귀인 줄로만 알았더니. 제법 머리가 좋은 모양이로구나."

기왕은 무성을 보다 다시 서찰 쪽으로 눈을 돌렸다. 그러다 앓는 소리를 내며 미간을 좁혔다.

"흠! 무공을 익히는 방식밖엔 없군."

"양성법의 일부입니다. 아실지 모르지만, 저희 귀병가와 검귀는 뿌리를 같이 하나 방향을 달리 합니다. 하지만 단언컨대, 제가 드릴 양성법이 훨씬 뛰어나고 안정된 병력을 양성하실 수 있을 것입니다."

무성은 계속 말을 이었다.

"저들은 생명력을 깎아 순간적으로 능력을 폭발시킵니다. 처음에는 강할지 모르나 날이 갈수록 약해집니다. 반면에 저희들은 꾸준한 양성을 통해 안정적인 병력을 확보하실 수 있단 이점이 있습니다. 처음엔 상당한 시간이 소요될지 모르나, 몇 년 후에는 저들이 기왕부를 범접하는 일 따위는 절대 없을 것입니다."

"그걸 어떻게 믿지?"

"이미 보여드리지 않았는지요?"

"확실히 검귀 셋을 제압하는 모습은 인상적이었지."

기왕은 죽은 시신을 보다가 다시 입을 열었다.

"하지만 이 정도로 그대들의 목숨을 사겠다는 것은 아

니겠지? 그대들의 능력이 좋다는 것은 인정하나, 당장 본왕부에는 검귀와 같은 이들이 필요하다. 게다가 그대는 황족을 시해한 흉적. 그대를 풀어준다는 게 얼마나 큰 짐인지 잘 알 터다. 이 정도로 과인이 정치적인 열세를 짊어질 필요는 없다고 보는데?"

탐욕으로 번뜩이는 기왕의 두 눈이 말하고 있었다.

검귀가 있는 흑막과 초왕부. 두 곳을 적으로 돌리면서까지 너와 손을 잡을 필요는 없지 않은가?

그러니 내놓아라.

너희들이 가질 수 있는 최고의 패를.

무성은 가만히 고개를 숙였다.

그가 가진 남은 패는 단 하나밖에 없었다.

"저를 전하께 내어 드리겠습니다."

* * *

"어떡하지? 이제 정말 어떻게 은인들의 얼굴을 볼 수 있을까?"

벽해공주가 오열을 토한다.

그녀와 자매처럼 자랐던 시비, 은(銀)은 가슴이 먹먹했다.

"공주님……."

줄곧 옆에 있었기에 어리고 예쁜 주인이 그동안 얼마나 벙어리 냉가슴 앓듯이 괴로워했는지를 잘 안다.

특히 진무성이라는 이에 대해서 알았을 때는 하늘이 무너지는 것 같은 모습까지 보였다.

항시 벽해공주는 자신을 구해 주고 대환단까지 선뜻 내준 무성을 그리워하곤 했으니. 하지만 얼마든지 얼굴을 볼 수 있는 다른 생존자들과 다르게 죄인들의 대면은 매번 불발되었다.

"마마, 소인 이 교두이옵니다."

그때 문밖에서 굵은 남성의 목소리가 들렸다.

이 교두. 항시 기왕의 옆을 지키는 측근이다.

"들어와라!"

벽해공주는 아버지가 전언을 보냈다는 말에 눈가를 훔칠 새도 없이 허겁지겁 소리쳤다.

은이 다급히 그녀의 옷깃을 정리해 주는 동안에 문이 열리며 조심스레 이 교두가 들어섰다.

"무슨 일이냐?"

"전하께서 마마께 한 가지 명을 내린다 하셨습니다."

"명을?"

"예."

이 교두가 공손히 두루마리를 건넨다. 칙서였다.

벽해공주는 익숙한 손길로 두루마리를 펼쳤다.

은은 뒤에서 슬쩍 내용을 살피다 곧 화색이 돋았다.

"마마! 이것은……!"

"은아, 가서 내 옷을 가져와다오."

"예."

은이 기쁜 마음으로 사라지는 동안, 벽해공주는 이 교두에게도 명을 내렸다.

"이 교두는 즉시 소림의 승려들을 모아다오. 내가 보냈다고 하면 순순히 따를 것이니 걱정 않아도 될 것이다. 그리고 금군도 소집하여라."

"예!"

벽해공주는 당당하게 일어섰다.

더 이상 그녀에게서 눈물은 찾아볼 수 없었다.

오히려 당당한 눈빛과 기왕을 닮은 위엄이 잔뜩 베어 나왔다.

기왕부의 여호장군(女虎將軍).

가녀린 체구와 다르게 아버지를 따라 수많은 전장을 같이 누비면서 여느 남자 장수들에 못지않은 혁혁한 공을 세워 조정에서도 따로 장군의 직위를 내렸던 이.

그녀의 움직임에 왕부가 들썩거렸다.

*　　　*　　　*

따다당!

남소유는 좌측 어깨를 갈라 오던 공격을 반검으로 비스듬하게 흘려 버리며 좌장을 뿌렸다.

고황으로부터 얻었던 박응권요였다.

펑!

가슴팍을 얻어맞은 검귀가 뒤로 크게 튕겨 난다.

하지만 바로 뒤따르던 검귀가 다시 자리를 채웠다.

숫자는 더 늘어난 셋.

목, 어깨, 허리를 동시에 찌르는 공격은 모두 막기엔 역부족이었다.

그렇다고 피할 수도 없었다.

우측에도 또 다른 검귀들의 공격이 있었으니.

사각지대를 교묘하게 파고들었다.

물러날 곳은 없다.

남소유는 이를 악물고 공력을 있는 힘껏 끌어올려 반검에 쏟아부었다.

쩌—엉!

맑은 검명과 함께 반검을 위에서 아래로 내리쳤다.

달마삼검의 보리정각이다.

쾅!

강기가 폭우처럼 쏟아진다.

보통 무사들이었으면 떼로 쓸려 나가도 이상하지 않을 일이다.

하지만 검귀들은 흠칫거리며 달리던 걸음만 멈출 뿐, 절대 물러서지 않았다. 도리어 반격을 가하며 강기를 옆으로 쳐 내는 여유까지 보였다.

'이대로는 위험해.'

남소유는 아랫입술을 질끈 깨물었다.

감옥에서부터 여기까지 탈출하는 내내 소란을 부렸다.

관군과 금의위는 그녀를 에워쌌지만 탈각을 이룬 그녀 앞에서는 속수무책이었다. 크게 나가떨어졌다. 그래도 손속에 사정을 두어 혼절하는 선에서 끝냈다.

그러나 그런 여유도 검귀가 등장하면서 끝났다.

녀석들은 집요했다.

머릿수도 배나 많은 점을 이용해 차륜전을 펼친다.

느긋하게, 서서히, 아주 천천히 숨통을 조여 오며 체력이 고갈되기를 기다렸다.

그러다 빈틈이 보인다 싶으면 암격을 날려 본다.

옛 북명검수들이 주로 쓰던 공격 방식이다.

검귀들의 생각은 정확히 명중했다.

제아무리 남소유가 일당백이라고 해도 한계가 있기 마련이다.

"후우…… 후우……!"

남소유가 크게 숨을 골랐다. 하지만 이런 짧은 순간에도 쉴 시간을 주지 않겠다는 듯이 검귀는 계속 공격을 휘몰아쳤다.

곤호심법이 가진 권능은 대단하다. 특히 탈각을 이뤄 기존의 한계를 벗어났기에 아주 짧은 순간에도 공력과 체력이 회복될 것을 우려한 것이다.

쾅!

바로 그때 좌측에서 치고 들어온 검귀가 남소유의 허벅지를 깊게 벴다.

"흡!"

피가 튄다. 남소유의 아리따운 미간이 좁혀지자, 검귀들이 기회를 놓치지 않고 밀물처럼 밀고 들어왔다.

따다당!

단숨에 남소유의 손발이 어지러워졌다.

옷이 찢기며 상처가 난다. 피가 위로 계속 튀었다.

녀석들은 절대 거세게 몰아치지 않았다.

아주 천천히 남소유를 잡아 갔다. 그녀가 쓰러지도록.

제 풀에 지쳐 알아서 쓰러지도록 유도했다. 마치 그녀를 생포하려는 듯한 모양새였다.

'무성…….'

남소유의 안색이 어두워질 무렵,

"일단 한 명은 잡은 것 같군요. 진무성을 잡을 좋은 미끼가 되겠어요."

뒤편에서 아름답지만 차가운 목소리가 들린다.

홍개와 함께 이쪽을 바라보던 여인과 눈이 마주쳤다. 금태연이었다.

남소유는 본능적으로 금태연이 이 모든 일을 획책한 조종자라는 사실을 눈치챘다.

'미끼라고?'

더불어 저들의 노림수를 알 것 같았다.

녀석들은 무성을 잡으려는 것이다.

애초 처음부터 목표는 귀병가가 아닌 무성인 듯했다.

왜일까?

남소유는 귀병가와 은원을 맺은 자들의 면면을 대부분 안다. 그중 대다수가 유명을 달리했다. 유일하게 남은 영호휘는 현재 제 몸 하나 추스르기도 힘들다.

그런데 금태연은 처음 본다.

누군가의 지시를 받은 것 같지도 않아 보인다. 북궁검

가와 관련이 있는 듯하지만 또 그것과는 조금 다른 것처럼 느껴진다.

'무성을 위험에 잠기게 할 수는 없어.'

남소유는 이를 악물었다.

자신이 당하는 것쯤은 아무래도 좋다.

하지만 무성을 위험에 처하게 할 수는 없었다.

반검을 쥔 손에 힘이 잔뜩 실린다. 이런 위험을 초래하게 만든 자라면 자신의 목숨을 던져서라도 제거해야만 했다.

팟!

남소유는 공력을 용천혈 쪽으로 급격하게 잡아당겼다.

그러자 막강한 폭발력과 함께 몸이 일직선으로 돌파를 시도했다.

촘촘한 포위망을 구성하며 남소유를 천천히 잡아가던 검귀들은 갑작스러운 움직임에 흠칫 놀랐다. 그러나 곧 다시 자세를 갖추며 막아섰다.

하지만 순간적인 폭발력으로 가미된 남소유의 신력은, 혈나한의 정수가 담긴 일격은 검귀들도 당해 내지 못할 정도로 강했다.

콰쾅!

반검이 횡대로 그어지자 막강한 강풍이 불어 닥쳤다.

붉은색을 자랑하는 강기가 검귀들을 있는 힘껏 후려치며 인의 장막에 균열을 만들었다.

남소유는 단숨에 균열 사이로 돌파를 시도, 매영보를 있는 힘껏 밟아 일직선으로 달렸다.

바로 그 앞에는 금태연이 있었다.

쉬쉬식!

반검이 이번에는 종대로 그어진다.

동시에 강기가 한 올 한 올 풀려 나오면서 거대한 붉은색 그물망을 만들었다. 천라검법의 적광유망이다. 그사이로 새하얀 눈발도 날렸다. 달마삼검의 혜능설표다.

천라검법에 이어 달마삼검까지.

연원도 근본도 서로 다른 두 개의 검술을 하나로 섞은 위력 앞에 금태연은 너무나 초라해 보였다.

팟! 팟!

그녀를 양옆에서 호위하고 있던 검귀들이 앞으로 튕기듯이 나섰다.

그러니 검강은 단칼에 둘의 머리통을 도륙, 삽시간에 금태연에게로 치달았다.

바로 그 순간,

씨익!

금태연이 겁을 먹기는커녕 도리어 조소를 흘렸다.

마치 기다렸다는 듯이.

'웃어?'

남소유가 본능적으로 위기감을 느끼고 몸을 옆으로 꺾으려 했다. 하지만 관성은 이미 그녀를 금태연 앞에 치닫게 만들었다.

그때 하늘에서 한 사람이 툭 떨어졌다.

"키키킥! 이렇게 너무 쉽게 걸려들 줄이야!"

남성처럼 굵지만 어딘가 모르게 교성을 지르는 여인처럼 카랑카랑하게 찢어지는 목소리.

일귀, 나옥이 위에서 나타나 남소유를 찍어 눌렀다.

쾅!

남소유가 그대로 철퍼덕 바닥에 주저앉는다.

나옥은 가녀린 그녀의 몸 위에 올라타 검을 목 언저리에다 갖다 댔다.

"움직이지 않는 게 좋을 거야. 아니, 움직여다오. 본관은 예쁜 머리통을 곱게 잘라다 장식하는 게 취미니 말이야. 홍홍홍!"

검이 금방이라도 가녀린 그녀의 살에 닿을 듯하다.

숭산에서 대치할 때도 절대 약하지 않으리라는 것을 눈치챘었지만 어찌 대처할 겨를이 없었다.

결국 남소유는 나옥이 그녀의 몸에다 점혈을 가할 때까

지 꿈쩍도 할 수 없었다.

"도대체 어떻게 점혈을 멍청하게 해 놨기에 이런 말썽을 피우게 만들었는지. 나중에 원인자를 찾아내어 목을 베어야겠어요, 첩형."

"뜻에 따르지요, 군사."

금태연은 나옥과 대화를 끝내고 자세를 숙여 남소유와 눈을 마주쳤다.

"어떤가요? 다시 이렇게 잡힌 기분은?"

바드득!

남소유는 말없이 분노로 이글거리는 눈빛을 토했다.

금태연은 애초 이 형국을 노렸던 것이다. 남소유가 무리하게 움직여 자신을 노리도록.

심리전에 당한 것이다.

"죽여!"

"사실 그럴까도 싶어요. 당신은 진무성에게 있어 소중한 사람인 듯하니. 그런 사람을 잃는 고통이 무엇인지 진무성에게 알려주는 것도 나쁘지 않을 테지요."

'이 여자……!'

금태연의 조소가 진해졌다.

"하지만 그러진 않을 거예요. 남들은 원수에게 똑같은 고통을 안겨 주고 서서히 말려 죽인다지만, 저는 생각이 달라요. 시간을 끌면 끌수록 상대에게 기회만 주는 셈인데 왜 그래야만 하는 거죠? 최대한 빠르게. 숨도 제대로 쉴 수 없도록. 그렇게 죽여야 하지 않나요?"

남소유는 몸을 바들바들 떨었다.

이 여자, 무성에 대한 원한은 진짜였다.

"당신, 북궁민의 여자야?"

"북궁민? 호호호! 설마 그깟 녀석 때문에 제가 이런 일을 벌였을 거라고 생각하나요? 분명 그자와 한 이불 아래에서 살았던 적은 있지만 결코 아니에요."

"그럼 누구지?"

"한번 맞춰 보세요. 그것도 재미날 테니까."

"……."

남소유는 이를 꽉 깨물었다.

'진무성, 네가 아무리 날뛰어 봤자 내 손바닥 안이야.'

사실 금태연은 무성과 귀병가가 순순히 감옥에서 잡혀 있다가 냉큼 목을 내놓을 거란 생각은 하지 않았다.

무신련에서도 제갈문경에게 잡혔다가 홀로 점혈을 풀어 제갈선가의 천검단을 쑥대밭으로 만들고 유유히 탈출하지 않았던가.

그렇다면 그것을 역으로 이용하면 된다.

날뛰게 내버려 둔다. 단, 역으로 다시 잡으면 그만이다.

이때는 사살이라는 명분도 있으니 골치 아프게 집행 시간을 기다리지 않아도 된다.

'곧 끝나. 곧.'

금태연은 천천히 자리에서 일어나 좌중을 훑어보았다.

"이제 곧 진무성이 올 테니 모두 자리를 지키세요."

그녀의 명령에 따라 검귀들이 다시 진형을 재정비하려는 그때였다.

우르르!

엄청난 굉음과 함께 땅이 크게 울렸다.

감옥이 있는 방향이었다. 그곳에는 스무 명 정도 되는 검귀들이 간독을 상대하고 있었다. 만약 감옥이 무너진 것이라면 금태연 측으로서도 뼈아픈 피해였다.

"무슨 일인지 확인하세요!"

검귀 하나가 다급히 소리의 진원지 쪽으로 달려갔다가 돌아왔다.

"감옥이 무너졌습니다!"

"검귀는? 생존자는 얼마나 되죠? 간독은요?"

"찾을 수 없습니다! 전부 매몰된 듯합니다!"

"이런."

금태연이 봉목을 찡그렸다.

변수다. 전혀 생각지도 못한.

무성만이 아니라 귀병 전체를 다 잡아야 한다.

남소유를 이용해 무성까지 잡는다고 해도 만약 간독이 빠져나갔다면 골칫거리가 되고 만다.

실질적으로 귀병가를 운영했던 자는 간독이었으니.

만약 그자가 흑도와 상계 전반에 걸쳐 뿌려둔 비선을 이용해 금태연 측을 쫓으려 하면 상당히 머리가 아파진다. 그때는 무신련도 가담하게 될 테니까.

'아직 사부님께서는 드러나기를 바라시지 않아.'

드러나더라도 자신의 선에서 그쳐야만 한다.

"안 돼……!"

한편, 남소유는 새된 비명을 흘렸다. 간독은 지하에서 활동하고 있었으니 감옥이 무너진다면 자칫 그 자리에 생매장이 되었을 수도 있다는 우려가 든 것이다.

금태연은 당장 간독의 시신을 찾던지, 없다면 녀석의 행적을 쫓으라고 명령하려 하던 때였다.

계획에 없는 또 다른 변수가 발발했다.

두두두!

금의위 일천 병력들이 이곳으로 달려오고 있었다. 한데, 그중에는 분명 억류되어 있던 소림사의 무승들도 적잖게 섞여 있었다.

선두에는 익숙한 얼굴을 가진 여인이 백마 위에 앉아 위풍당당한 모습으로 서 있었다.

벽해공주였다.

'뭐지?'

무언가 알 수 없는 불안한 감이 들었다.

분명 이 소란을 진정시키라고 했던 자가 기왕이었다. 그런데 정작 궁으로 유폐되었던 딸이 왜 이 자리에 나타난 걸까? 그것도 병력 전체를 이끌고?

하물며 벽해공주가 입고 있는 옷은 평소 그녀가 즐겨 입던 궁장이 아니었다. 갑주였다. 투구만 쓰지 않았을 뿐이지 여장군이 전장에 나설 때 입는 갑주였다.

여호장군.

들은 적이 있다.

과거 산서에서 북방 이민족과 전쟁을 치를 때.

기왕이 함정에 빠져 이민족에게 포로로 잡히자, 단기필마(單騎匹馬)로 적진에 뛰어들어 적장 셋을 베고 기왕을 구출했다는 일화를.

단순히 기왕부에서 무남독녀인 벽해공주의 몸값을 높이기 위해 지어낸 말인 줄 알았건만.

이렇게 보니 절대 거짓말이 아닌 듯했다.

아니나 다를까.

"본 왕부를 어지럽히는 자들입니다. 모두 추포하세요!"

벽해공주의 서슬 퍼런 외침에 금의위와 소림 무승들이 일사정렬하게 움직였다. 특히 법승의 움직임이 가장 활발했다.

처처척!

금의위가 일제히 금태연의 주변을 둘러친다.

촘촘한 포위망. 검귀가 남소유를 에워쌌듯이 검귀들은 도리어 금의위의 덫에 잡혔다.

금태연은 어찌 된 일이냐며 나옥을 노려보았다.

하지만 나옥 역시 자신과는 전혀 무관하다는 듯이 고개를 절레절레 흔들었다. 도리어 금의위를 향해 소리쳤다.

"감히 본관을 억압하려 들다니! 이러고도 네놈들이 무사할 성싶으냐!"

나옥은 가진 바 뛰어난 무술 실력이 인정되어 동창의 첩형뿐만 아니라 금의위의 교위도 겸직하고 있다. 자신을 둘러싼 금의위의 상관이란 뜻이다.

금의위들도 저마다 당황한 눈치였으나, 꿋꿋이 창을 쥔 손을 놓치지 않았다.

벽해공주가 소리쳤다.

"나옥! 그대는 황제 폐하의 눈과 귀이면서도 사사로이 초왕부와 정주유가에 의탁하고 있었어요. 이에 본 왕부에서는 항의의 뜻으로 그대의 신병을 잠시 억압할 것이니 순순히 투항하는 게 신상에 이로울 거예요."

때에 따라서는 사살도 피하지 않겠다는 뜻이다. 동창에서 알면 크게 날뛸 테지만 혼란 와중에 휩쓸려 죽었다고 둘러대면 그만이다.

자존심이 구겨진 나옥의 인상이 와락 일그러진다.

그사이 금의위의 포위망이 더욱 좁혀 온다. 견고한 방어막은 절대 무너지지 않을 철옹성처럼 보였다.

"군사."

검귀들이 금태연의 눈치를 봤다. 명령을 내려달라는 뜻이다. 나옥 역시 위태롭게 보인다.

하지만 그사이에도 금태연의 머릿속은 어지러웠다.

'뭐지? 대체 뭐 때문에 기왕부가 등을 돌린 거야?'

이익에 따라서 얼마든지 손을 잡고 놓기를 밥 먹듯이 하는 곳이 정치판이라지만, 이렇게 같이 일을 진행하다가 안면을 싹 몰수하는 것도 힘든 법이다.

이유는 모르겠다.

하지만 본능이 말하고 있었다.

진무성. 그자가 언제나 늘 그렇듯이 또 판을 뒤집으려 하고 있다고.

그렇다면 녀석은 다음에 무엇을 노릴 것인가?

“금태연! 병장기를 내리고 투항하라는 본 공주의 말이 들리지 않느냐!”

벽해공주의 서슬 퍼런 외침에 금태연은 더 크게 소리쳤다.

“나옥! 당장 그 계집의 목을 자르세요!”

“예이! 따르지요!”

한 번 허리를 숙이면 나중에는 바짝 엎드려야 한다. 금태연의 뒤에는 사부님과 정주유가가 있으니 그들로 하여금 정치적 열세에 놓이게 할 수 없었다.

저들이 강하게 나선다면 이쪽에서는 더 크게 나선다.

나옥이 즐겁다는 듯이 검을 내리찍으려는데, 갑자기 그의 손길이 멈췄다.

뭔가를 발견한 그가 높이 소리쳤다.

“군사! 뒤!”

금태연이 놀라 뒤를 돌아보려는 찰나,

퍽!

금태연의 머리통이 하늘로 튀어 올랐다.

의문과 경악이 가득한 표정 그대로.

그녀가 마지막으로 본 것은 금의위 진형에서 화살처럼 튀어나와 단숨에 돌진하고 있는 무성이었다.

第四章

귀곡자(鬼谷子)의 전인

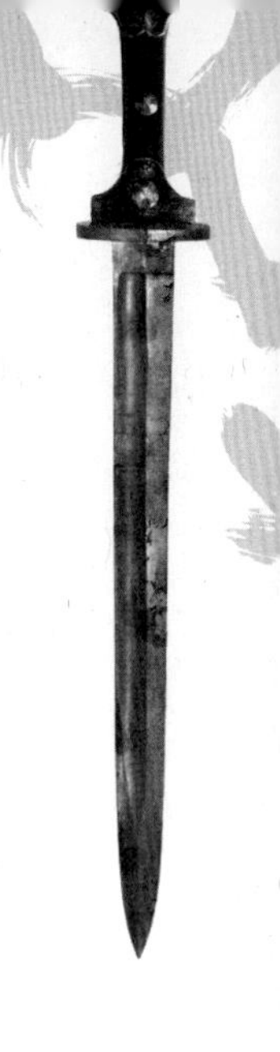

'벴어!'

무성은 굳이 금태연의 죽음을 확인하지 않았다.

손에 걸린 타격감. 그것으로 충분했다.

그는 쓰러지는 금태연의 시신을 지나 연이어서 나옥에게로 달려들었다.

쉭!

아주 빠르고 매섭다.

허공을 꿰뚫는 영검이 나옥의 목젖을 꿰뚫으려는 찰나, 녀석은 어기충소의 수법으로 높이 뛰어올랐다. 방금 전까지 잡고 있던 남소유를 가차 없이 포기했다.

나옥의 생각은 옳았다.

만약 억지로 남소유를 베려하거나 인질로 잡으려 했다면 곧장 금태연처럼 목이 잘려 나갔으리라. 그나마 피하려 했으니 아슬아슬하게 영검이 방금 전 그가 있던 자리로 지나갔다.

하지만 무성은 한 번 휘몰아치기 시작한 상대는 끝까지 놓치지 않는다.

허공으로 떠오른 나옥을 쫓아 그 역시 직각으로 몸을 날린다.

어느덧 오른손에 잡힌 영검이 검풍을 뿌렸다.

스스슥! 따다당!

나옥은 허공에서 검초를 잇달아 뿌렸다. 휘몰아치는 검풍에서는 귀곡성이 스산하게 감돌았다.

역시나 예상했던 대로 녀석도 검귀였다.

그것도 상당한 수준에 이른 검귀.

'놈도 탈각을 이뤘어.'

이건 상당히 신경 쓸 수밖에 없는 대목이다.

최소한 탈각을 이룬 고수가 한 명은 아닐 테니. 검귀 중에도 귀병에 못지않은 능력을 지닌 자들이 상당수 포진해 있다고 봐야 했다.

무성은 반드시 놈을 잡는다는 심정으로 허공에서 검을

충돌시켰다.

콰콰콰!

영검에 실린 무지막지한 충격파 때문인지 나옥이 울컥 피를 토한다.

하지만 다른 귀병들과 다르게 튕겨 나진 않았다.

그래도 승세는 무성 쪽이 우세하다.

녀석은 빈틈을 노려 반격을 꾀했다.

허리 쪽으로 비스듬하게 내려치는 검을 튕겨 내니 교묘하게 방향을 꺾어 하체를 쓸어 왔다.

검이 길게 공명을 토하면서 강기를 마구 뿌렸다.

끼이익!

검이 대기와 거세게 마찰을 일으키니 귀곡성과 함께 찢어지는 비명 소리가 울린다.

무성은 영검을 아래로 휘둘러 검을 튕겨 냈다. 영주가 빽빽하게 밀집된 영검의 내구도는 대단해서 강기와 함께 녀석의 검신을 단숨에 분질러 버렸다.

하지만 나옥은 검에 별반 미련을 두지 않았다.

도리어 손을 놓아 버리며 몸을 안쪽으로 꺾는다. 쫙 펼친 왼손에 곤호진기의 공력이 한껏 응축되어 있다. 그런데 장풍 주변으로 이질적인 기운도 담겨 있었다.

규화보전(葵花寶典)!

동창의 고위 환관들 사이에만 익힐 수 있다는 최고의 절학이다. 생식기를 제거하는 괴이한 습득 방식에 성취가 깊어질수록 이성이 파괴된다는 점을 들어 마공으로 분류되나 위력만큼은 진짜였다.

무성은 영막을 펼쳐 규화보전을 막으려 했다.

콰쾅!

악명이 가득한 힘답게 영막은 너무나 쉽게 박살 났다.

나옥은 승기를 잡았다고 확신한 눈치였다. 단번에 몰아치기 위해 우수에도 규화보전의 힘을 잔뜩 담아 무성의 복부를 후려갈기려 했다.

이미 간격도 잔뜩 좁혀진 상태. 거리 때문에 영검을 휘두르기도 어려웠다.

하지만,

퍽!

갑자기 나옥의 미간에 퀭한 구멍이 뻥 뚫렸다. 주르륵, 피가 잔뜩 흘러내렸다.

"어떻……게?"

나옥은 자신을 해한 암수의 정체도 짐작하지 못한 채로 그대로 머리통이 박살 나고 말았다.

무성은 무심한 눈빛으로 나옥을 베고 돌아온 영검을 낚아챘다. 피를 잔뜩 머금은 영검은 더 이상 투명한 빛깔이 아닌 붉은 색채를 띠고 있었다.

웅, 웅, 웅—!

기분 좋다는 듯이 울어 대는 영검.

무성이 나옥을 벤 수법은 이기어검술이었다.

영검은 무성의 심령이 닿은 영주로 만든 검.

따라서 염력을 이용해 이기어검으로 다루는 것도 불가능하진 않았다.

다만, 아직 깊이가 부족해 상당한 양의 공력을 필요로 한다. 거리에도 한계가 있었지만, 다양한 공격 방식을 전개할 수 있다는 점에서 좋았다.

탁!

무성은 조용히 땅에 착지했다.

그는 검귀들에게로 칼끝을 겨누었다.

무시무시한 기세가 검귀들이 흘리는 사기를 한껏 밀어버린다.

검귀들 수장인 금태연과 나옥이 죽었어도 선불리 움직이지 못했다. 도리어 잔뜩 땀을 흘리며 경계를 하기에 바빴다.

무성은 마치 놈들이 없는 놈들인 듯 무시하고서 남소유를 손수 일으켰다.

"괜찮아요? 남 소저?"

"……네!"

남소유는 기쁨에 찬 눈물을 흘렸다.

무성은 남소유의 점혈을 모두 풀어 주고 꼭 껴안았다.

목숨보다도 더 소중한 여인이다.

그런 이를 이리도 힘들게 만든 것이 너무나 미안했다.

남소유는 무성의 속마음을 읽은 것인지 별다른 말도 없이 가슴팍에 얼굴을 푹 묻었다.

두 사람 모두 검귀가 달려들 위험이 있어도 전혀 신경 쓰지 않는 눈치였다.

무성은 한참 후에야 포옹을 풀었다. 남소유의 얼굴이 살짝 붉어진 것을 보고 살짝 미소를 흘린 그는 곧 한쪽을 향해 포권을 취했다.

감사의 뜻이었다.

그곳에는 벽해공주가 서 있었다.

두근!

'왜 이러지?'

벽해공주는 겉으로는 미소를 지으며 인사를 받았지만, 이상하게 속이 아팠다. 가슴이 방망이질을 치고 머리가 어지러웠다.

특히 무성이 남소유를 소중하게 끌어안은 모습이 가슴

속에 짙은 화인처럼 남았다.

도무지 이유를 알 수 없었다.

이 감정이 무엇인지.

그저 무성에게는 도움을 받은 것이 전부이건만.

계속 숭산에서 보여주었던 탄탄한 가슴과 넓은 등, 굳건한 눈빛이 눈앞에서 아른거렸다.

'내가 설마?'

뒤늦게 벽해공주가 자신의 감정을 깨닫고 놀라 새된 비명을 질렀다. 아니, 지를 뻔했다.

뒤에서 누군가 말을 걸지 않았다면.

"이제 좀 속이 시원 하느냐?"

벽해공주는 비명을 가까스로 삼키며 고개를 끄덕였다.

속내가 들키지 않게 엄숙한 표정을 짓는 것도 잊지 않았다.

"예, 아바마마."

"그렇다니 다행이구나. 그래도 이 아비가 더 이상 딸의 원망을 듣지 않아도 되었으니."

천천히 걸어 나오는 이. 근엄한 눈매를 가진 중년인, 기왕은 흐뭇하게 웃었다.

그런 아버지를 보는 동안 벽해공주는 사실 머릿속이 어지러웠다.

궁에 감금되어 있던 자신에게 갑자기 이 교두를 보내어 군을 이끌고 정주유가의 군사들을 제압하라던 아버지의 전언.

분명 방금 전까지만 해도 절대 자신의 부탁을 들어주지 않으려던 분이었기에 의문은 더 클 수밖에 없었다.

"묻고 싶은 게 많은 눈치로구나."

"사실대로 말씀드리자면 그렇습니다."

"무리도 아니지."

기왕은 피식 웃더니 말을 이었다.

"기실 저자, 너의 은인이 나를 찾아왔었다."

벽해공주의 눈동자가 떨렸다.

자신을 구해 준 은인이지만 무모한 행동에 놀랐다.

오랫동안 봐 왔기에 잘 아는 것이다. 아버지, 기왕을.

기왕은 친왕으로서의 위엄을 거스르는 자를 증오한다. 그래서 오만하고 편협한 면도 있지만, 반대로 그렇기에 제왕으로서 왕도(王道)를 이룩해 영지를 제대로 일궜다.

"혼자서…… 말입니까?"

"그래. 혼자서."

"뭐라고 하시던가요?"

"자신을 내주겠으니 모든 약조를 뒤집으라고 말하더구나. 우스운 일이었지."

벽해공주는 숨통이 꽉 조였다. 손에 땀이 찼다.

"신하가 될 것이냐 물었더니 그도 아니라더구나. 자신에게는 따로 해야 할 일이 있다면서. 무림을 절대 떠날 수 없다고 하더군."

"하면……?"

"그래서 뭘 주겠다는 거냐며 버럭 소리를 질렀더니 잘도 웃으면서 이렇게 답하더구나."

기왕이 차갑게 입꼬리를 말아 올렸다.

"천하."

"……!"

"하하하! 미친놈이지! 감히 황상의 오른팔을 자처하는 나로 하여금 옥좌를 탈취하라는 말이 아닌가!"

기왕의 웃음소리가 카랑카랑하게 퍼진다.

벽해공주는 귀를 틀어막고 주저앉고 싶은 심정이었다.

마치 당시의 일을 직접 겪었던 것처럼 생생하게 머릿속에 그려진다. 등골이 선다. 잔뜩 긴장되었다.

"그래서…… 받아들이셨습니까?"

아버지의 성미라면 필시 꺼지라고 했으리라.

자칫 무성이 한을 품고 해코지를 했을지도 모르는 위험천만한 상황이 눈앞에서 그려졌다. 그런 위기에도 불구하고 기왕은 오만한 모습을 보였을 테고.

하지만 그랬다면 필시 사달이 났을 텐데, 어찌 아버지는 저자의 편을 들어주겠다고 하신 것일까?

기왕은 그런 딸의 우려를 읽었는지 피식 웃었다.

"그래."

"……!"

"무뢰배 주제에 제깟 놈이 대단하면 얼마나 대단하다고 과인을 감히 능멸하려 들지 않느냐? 그래도 배포가 제법인 듯해 어디 한번 놀아 보라고 했다."

"아바마마!"

"걱정 마라. 나 역시 당장 반역을 치르거나 할 생각은 전혀 없으니. 그래도 재미있을 것 같지 않으냐? 황족으로서, 아니, 사내로 태어나 옥좌를 한 번도 꿈꾸지 않는다면 거짓말이니."

지금 황제는 슬하에 딸만 둘이 있을 뿐, 아들이 없다.

후계자가 없는 상황에서 친왕들 중에 차기 황제가 거론될 것은 자명한 일.

현재 황제가 내심 후계자로 내정하고 있는 존재가 바로 초왕이다.

기왕은 그 판세를 뒤집으려는 것이다. 단번에.

"단, 조건을 붙였다. 제깟 놈이 뭐라고 내가 믿고 말고 한단 말이냐?"

"어떤 조건이었는지요?"

"보이라고 했다."

기왕이 차갑게 웃었다.

"자신의 가치를."

벽해공주는 침을 꼴깍 삼켰다.

이 대답 여하에 따라서 검귀를 둘러싼 금의위 일천 병력들은 검귀만 베어 낼 수도, 아니면 무성과 귀병가까지도 짓밟을 수도 있었다.

"아바마마께서 보시기엔 어떤 것 같으신지요?"

"아직 멀었다."

냉소가 짙어졌다.

"저자는 이제야 조금 그 가치를 보였을 뿐이다. 그리고 기회를 주려면 다 함께 줘야 하지 않겠느냐?"

벽해공주는 순간 말뜻을 이해하지 못하고 뭐라 반문하려 했다.

"소녀에게도 공정하게 기회를 주시니 전하의 은덕에 감사드릴 따름이에요."

기왕의 뒤편으로 어느 한 여인이 나타난다.

순간, 벽해공주의 눈이 크게 찢어졌다.

"다, 당신은……!"

분명 방금 전에 은인에게 목이 달아났던 여인이 어찌 이곳에 나타난단 말인가!

"그러니 너 역시 너의 진가를 한번 증명해 봐라. 때에 따라서는 저들 같은 무뢰배가 아닌 정주유가와 손을 잡을 수도 있음이니."

금태연이 싸늘하게 웃으면서 고개를 숙였다.

"예. 그러겠습니다."

남소유의 인상이 잔뜩 굳어졌다.

"어떻게……?"

분명 금태연은 무성이 목을 베었었다. 그런데 어떻게 저렇게 살아 있을 수 있는 걸까?

그녀는 다급하게 다른 쪽으로 시선을 돌렸다.

그런데 없었다.

분명히 있어야 할 목이 분리된 시신이.

무성이 작게 침음성을 흘렸다.

"환술(幻術)에 당한 모양입니다."

"환술이요?"

남소유는 사부로부터, 천옥원에 있을 때부터 여러 가지를 익혀 강호에 산재한 수많은 잡지식에 대해 두루 식견이 넓었다.

그중에서도 환술은 쉽게 보기 힘든 영역이었다.

주술의 한 갈래이지만, 단순히 타인의 이목을 속이는 허깨비가 전부라 무시를 당해 왔던 분야. 기환진과 같이 일부 진법에 접목되긴 하나, 진법가들 사이에서도 단순한 도구로만 전락하고 만 분야다.

당연히 환술은 천대를 받아 접하기가 아주 어렵다.

그런데 기환진을 따로 펼치지 않았는데도 불구하고 무성의 감각을 속일 정도로 뛰어나다?

환술에 정통한 자라고 봐야 한다.

무공으로 치면 신주삼십육성에 해당할 정도로 뛰어난 실력자.

그게 저 여인, 금태연이라고?

무성은 검귀와 금의위, 두 겹에 달하는 인의 장막 너머로 얼핏 보이는 금태연과 눈을 마주쳤다.

"숙부께서 남기신 책자에 이와 비슷한 내용이 있었소. 과거 묵자가 있던 시절, 지략은 하늘에 닿아 인적이 끊긴 산골짜기에 있어도 감히 천하 곳곳을 굽어다 보고, 심기는 악마와 같아 수많은 백성들을 함부로 농락하며, 재주는 일절 누구의 접근도 허락하지 않을 정도로 빼어나 나이도 정체도 성별도 모르는 이가 있노라고. 심지어 그 자가 혼자인지 단체인지도 모른다고."

듣는 내내 금태연은 조용했다.

"결국 그로 인해 천하가 혼란에 잠겨 백성들이 도탄에 빠지니 묵자께서 제자들을 이끌고 그자가 사는 골짜기를 막아 버리셨다 하셨지. 하지만 그가 천하에 미친 여파는 너무나 대단해 여전히 속세에는 그자의 이름을 이어받은 자가 있을지도 모르니 항상 경계하라 하셨소. 그들의 시조처럼 언제 어둠 속에서 천하를 농락하려 들지 모르니."

무성의 눈이 차분하게 가라앉았다.

"그자의 이름은 귀곡자(鬼谷子)."

싸늘하게 묻는다.

"그대는 귀곡자의 전인이 아니오?"

* * *

천하가 시작되면서 수많은 모사들이 일어났다가 지기를 반복했다. 손자(孫子)를 비롯해 손주, 제갈량, 묵자 등 다양한 사람들이 있다.

하지만 십인십색, 모사라 하더라도 그들은 저마다 다른 특징을 자랑한다.

특히 그중에서 암계를 즐기는 이가 딱 한 명 있었다.

그는 키가 작은 난쟁이었다. 생김새도 볼품이 없었기에 뛰어난 재능을 지녔음에도 불구하고 왕공들은 그를 쓰기를 꺼려했다.

그래서 그는 심산유곡에 틀어박혀 자취를 감췄다.

대신에 수많은 계책을 내놓으며 천하를 제 뜻대로 다루는 흑막이 되고자 했다.

때는 바야흐로 군웅할거의 시대인 춘추전국시대.

수많은 나라들이 그로 인해 농락을 당하고 말았다.

물가가 폭등하거나, 뜻하지 않은 인적 재해를 맞거나, 다 이기던 전쟁을 패배하고 말았다. 전혀 자격이 없는 자가 왕이 되기도 했다.

세상은 그를 위한 장기판 말에 지나지 않았다.

하지만 꼬리가 길면 밟히기 마련인 법.

사태의 이상함을 깨달은 각 나라는 힘을 모아 흑막을 찾는 데 성공했고, 묵자와 제자들을 초빙해 결국 그가 있는 심산유곡을 틀어막았다.

하지만 그가 남긴 여파는 대단해서 왕공과 재사들은 그 후로도 한동안 수습에만 골머리를 감싸 안아야 했다.

그래서 사람들은 그를 이리 불렀다.

귀곡자.

유령처럼 실체가 없는 자라고.

그리고 묵자의 가르침이 한유원을 통해 무성에게로 전해졌듯, 귀곡자의 진전도 이 시대에 들어와 두 사람에게로 전달되었다.

그중 한 사람은 불의의 사고로 사망했고, 다른 한 사람은 여전히 버젓이 살아 천하를 농락하고자 했다.

죽은 자는 마뇌 유상.

살아남은 이는 바로 지금모란 금태연이었다.

금태연은 애증의 이름을 작게 중얼거렸다.

'귀곡자.'

본래 유상에게 전해졌어야 했으나, 이제는 자신에게로 전해질 이름.

귀곡자의 이름은 어느 시대에나 존재한다.

전승이라는 규약에 의해 당대 전승자가 항상 귀곡자라는 명칭을 물려받아 왔던 것이다.

'상공은 언제나 사부님으로부터 물려받을 귀곡자라는 이름을 자랑스러워했지요. 그러니 저들에게 보여주겠어요.'

금태연의 눈빛이 차갑게 빛났다.

'귀곡자가 가지는 이름의 무게를.'

금태연은 조용히 손을 들었다.

"우리들의 일맥에 대해 알고 있다면 정체에 대해 알고 있는 자를 어찌하는지도 잘 알겠군요."

"알다마다. 겉으로 드러나는 것을 죽는 것보다도 더 싫어해 무슨 수를 써서라도 정체를 알아낸 자들을 제거한다더군. 대개 계략으로."

"맞아요. 그러니 죽어주세요."

금태연은 손을 힘껏 내렸다.

사형선고였다.

두—웅!

어디선가 범종이 크게 울리는 듯하다.

육신이 아닌 영혼이 들썩이는 것 같은 진동. 잔잔한 여운이 퍼졌다.

동시에 어깨를 짓누르는 스산한 기운.

검귀들이 내뿜는 사이한 기운보다 더욱 짙고 농밀하다. 맡고 있는 것만으로도 기분이 축 처지고 몸이 짓눌리는 것만 같다.

"뭐지?"

남소유가 잔뜩 긴장하며 무성에게 안긴다.

무성은 그녀를 꼭 껴안으며 무거운 어조로 말했다.

"남 소저, 절대 제 곁을 떠나지 마십시오. 아무래도 저 자는 이것을 노렸던 듯하니."

남소유는 이를 악물었다.

도저히 당했다는 생각을 지울 수 없다.

금태연이 계획했던, 남소유를 미끼로 무성을 검귀들의 한가운데로 몰아넣을 거란 생각은 보기 좋게 성공했다. 애초 여태 남소유를 상대했던 것은 그녀의 본신이 아닌 환술로 빚어낸 분신이었으니.

쉽게 말해 덫에 빠진 것이다.

금태연이 만든 덫에.

'나 때문에……!'

남소유는 자신으로 인해 빚어진 참사라는 생각에 머릿속이 캄캄해졌다.

"키아아악!"

"크크윽!"

갑자기 검귀들이 하나같이 비명을 지른다.

마치 몸속에 잠재된 짐승이 튀어나오려는 듯, 얼굴과 팔뚝 등 살갗 위로 핏줄이 도드라지게 올라왔다.

창백해진 살갗 사이로 비치는 시퍼런 핏줄은 기괴함을 더하고, 핏줄이 단단히 선 눈동자는 터질 것처럼 시뻘겋게 충혈되었다.

동시에 폭풍처럼 사방으로 휘몰아치는 진득한 사기!

끼아아아!

"으윽!"

"크!"

금의위들은 귀곡성을 듣고 하나같이 귀를 틀어막으며 제자리에 주저앉았다.

몸이 바들바들 떨린다.

죽음의 공포가 스멀스멀 그들의 본능을 잠식했다.

무성은 영막을 겹겹이 둘러 싸 검귀들이 뿌려 대는 사기의 폭풍에 영향을 받지 않았으나, 검귀들을 보는 남소유의 눈에는 공포심이 단단히 어렸다.

마치 지옥에서 갓 건져 올린 것 같은 야차와 나찰들.

일백에 가까운 검귀들은 하나같이 시푸른 귀화를 두 눈에 줄줄 달며 그들의 뇌리에 단단히 박힌 적, 무성에게 적의를 드러냈다.

"검귀는 단순히 이법만 익힌 것이 아니에요. 사라환경(邪羅幻經)을 같이 습득해 이법의 효능을 극대화시켰을 뿐만 아니라 본맥의 꼭두각시 인형이 되었어요. 죽음에도 굴하지 않고 오로지 목적만 수행하는 인형이."

금태연은 담담한 어조로 말을 이었다.

"단언컨대, 이들만 잘 활용한다면 무신을 잡는 것도 무리는 아니에요."

무성이 눈살을 찌푸렸다.

"무신을 잘 아는 듯한 눈치로군."

"말 그대로 무신을 잡기 위해 만든 대법이니까요."

"뭐?"

"도룡추신(屠龍墜神). 이 대법의 이름이죠."

용을 베고 신을 떨어뜨린다.

오늘날, 무림의 용이자 신이라 할 수 있는 무신을 겨냥한 광오한 이름이 분명하다.

"게다가 당신이 상대해야 할 이들은 이뿐만이 아니에요."

그녀의 말이 끝나기 무섭게 갑자기 바닥에 주저앉았던 금의위 중 비교적 상태가 멀쩡한 자들이 하나둘씩 자리에서 벌떡 일어났다.

그들 중 나이가 지긋한 장년인이 금태연에게 물었다.

"이제 이 지긋지긋한 연기를 그만해도 되는 것이냐?"

"예."

"갑갑해서 죽는 줄로만 알았다."

장년인이 차갑게 웃더니 쓰고 있던 두건과 상의를 벗어 바닥에다 던졌다.

그러고는 허리춤에 달려 있던 혁대를 앞으로 돌렸다.

두 자루의 낫이 걸려 있었다.

"후후후! 되도 않는 창을 잡느라 얼마나 심심하던지. 역시 이놈들을 잡으니 기분이 상쾌해지는군."

한쪽 날이 톱니처럼 자글자글한 기괴한 낫을 한 손에 하나씩 쥔다.

그 순간, 장년인의 분위기가 확 바뀌었다.

잔잔하던 눈빛이 서슬 퍼런 기세를 드러낸 것이다.

등을 살짝 구부리며 낫에다 혀를 갖다 댄다. 날카로운 날이 혀를 찢어놓을 텐데도 불구하고 멀쩡하다. 낫은 침으로 흠뻑 젖었다.

"천사쌍겸(天死雙鎌) 구문휘(究紊彙)……!"

상대의 정체를 눈치챈 남소유가 경악에 잠긴다.

두 자루의 낫만 있으면 하늘도 찍어 누른다는 전대의 고수다.

눈이 마주쳤다는 이유만으로 어린아이의 목을 댕강 잘라 버리거나 하는 기행으로 워낙에 흉흉한 살겁을 많이 일으키고 다녀 문제가 많았다.

그래서 여러 문파에서 공적으로 지정, 그를 잡고자 했으나 어느 날 홀연히 종적을 감추고 말았다.

혹자는 원한에 의해 누군가에게 살해되지 않았나 막연한 추측만 남겼었는데 이렇게 살아 있는 것이다.

그뿐만이 아니었다.

"왜 그러나? 난 이 창이 아주 마음에 들었는데 말일세. 무려 황궁에서 내린 물건이라 하지 않은가? 수집하기엔 딱 알맞아."

천사쌍겸과 마찬가지로 금의위 틈바구니에 섞여 있던 노인이 씩 웃었다.

담담히 창을 만지는 손길에는 엄숙함이 감돈다.

하지만 두 눈은 역시나 흉포한 기세를 뿌려 댔다.

"망산귀(邙山鬼) 육호문(陸浩文)?"

망산은 죽은 자들이 기거한다는 저승의 산을 뜻한다. 망산귀란 망산에 사는 귀신을 뜻하는 바, 그를 만나는 자들은 하나같이 저승으로 사라졌다는 뜻에서 붙은 별호였다.

역시나 천사쌍겸과 마찬가지로 전대에 갑자기 종적을 감췄던 고수였다. 실종되지 않았다면 신주삼십육성에도 능히 들었을 이.

두둑! 두두둑!

"몸이 근질근질하군. 뼈마디가 아우성이야."

"켈켈켈! 이제부터가 진짜 아니겠수?"

똑같은 생김새의 쌍둥이가 몸을 간단하게 푼다. 얼마나 똑같은지 마치 중간에다 거울을 가져다 놓은 것 같다. 목소리며 표정, 행동까지 전부 똑같다.

뼈다귀를 맞추는 소리가 얼마나 큰 지 듣는 내내 몸에 오한이 들었다.

다만, 신분을 확실히 가리기 위해서인지 쌍둥이는 서로

다른 옷을 입었다.

각각 홍의(紅衣)와 청의(靑衣)였다.

"음양이악(陰陽二惡)……."

남소유의 혼잣말을 들었는지, 홍의를 입은 양악(陽惡)이 허허 너털웃음을 터뜨렸다.

"아이야, 이 정도로 놀라면 어쩌자는 것이냐? 저기에 있는 양반을 보면 아주 기절하겠어."

남소유는 양악이 가리킨 방향으로 머리를 돌렸다.

곧 그녀는 양악의 호언장담대로 여태 보였던 것과는 비교도 할 수 없는 공포감을 맛봤다.

무표정한 얼굴을 가진 노인이다.

그저 묵묵히 쥐고 있는 창을 손으로 쓰다듬을 뿐이다.

겉으로 봤을 때는 아무런 특징도 찾아볼 수 없는 흔해 보이는 노인.

그러나 남소유를 경악케 한 것은 노인의 우측 귓불에 걸린 귀걸이 때문이었다.

새끼손톱만 한 크기의 작은 구슬.

까만 바탕에 하얀 글자가 적혀 있었다.

마(魔)

"창마(槍魔)가 어떻게……?"

무신이 세상으로 처음 나와 천하가 좁다하며 돌아다니던 시절.

연전연승을 거듭하던 무신행을 처음으로 발목 잡을 뻔했던 자가 있었다.

창마 단충시(段充時).

당시 그는 운남 지역의 제왕이었다.

구대문파에 속하는 유명한 점창파조차 그의 눈치를 봐야 했으며 운남 무림은 오로지 그를 중심으로 돌아갔다. 하지만 그럼에도 불구하고 그는 예하에 세력을 두지 않고 홀로 고고히 살아갔다.

옛날에 사라진 대리국 왕족의 후예가 아니냐는 말도 있었지만, 그는 늘 묵묵부답이었다.

대신에 실력으로 몸소 증명했다.

압도적인 힘으로 상대를 찍어 눌러 아무 말도 하지 못하게 만들었다. 특히 도전해 오는 적은 어느 누구라도 죽음을 면치 못해 '마(魔)' 라는 불명예를 안아야 했다.

사람들은 오로지 그만이 무신의 거침없는 질주를 막을 유일한 대항마라고 추켜세웠다.

그러다 그가 어느 날 홀연히 사라졌다.

무신과의 만남을 며칠 앞두고서.

사람들은 그가 무신행의 희생양이 될까 봐 꼬리를 말고 도망친 것이라고 욕했다.

그를 추종하던 운남의 무인들은 절대 그가 그럴 사람이 아니라며 두둔했지만, 그는 이후로 결코 모습을 비추지 않았다.

한데, 이런 곳에서 나타날 줄이야!

과묵하기로 유명한 자답게 창마는 아무 말도 하지 않았다.

묵묵히 창대를 쓰다듬다가 한 마디를 툭 내뱉었다.

"밥값은 해야겠지."

그 말이 신호탄이었다.

우우—웅!

검귀와 환술이 마구 뿌려 대던 사기 너머로 엄청난 양의 패도적인 기운이 해일처럼 넘실거린다.

천사쌍겸, 망산귀, 음양이악, 그리고 창마까지.

하나하나 한 시대를 풍미했던 고수들이며 종적을 감추지 않았더라면 신주삼십육성을 한 자리씩 꿰찼을지도 모르는 최강자들.

그들이 어째서 북궁검가 측에 있던 건지, 이런 힘이 있었다면 왜 그리도 허망하게 몰락하고 말았었는지, 그 이유를 도저히 알 수가 없었다.

다만, 확실한 것은 이들이 무성, 그 하나를 잡고자 이곳에 나섰다는 점이었다.

일백 명의 검귀들을 대동하고서.

주변에 있던 금의위들은 다섯 마인(魔人)이 뿌려 대는 기세를 감당하지 못하고 달아나기 시작했다. 제아무리 잘 정련된 정예일지라도 천외천에 다다른 무위를 간직한 자들을 당해 낼 수는 없는 법이었다.

벽해공주가 물러서지 말라며 독전관을 종용해 이탈을 막으려 했지만, 대세를 거스를 수는 없었다. 결국 금의위가 만들어 내던 촘촘한 포위망은 온데간데없이 사라졌다.

오로지 무성과 그를 둘러싼 도룡추신만 있을 뿐.

"시작해 주세요."

금태연의 지시와 함께 진법이 가동되었다.

콰콰콰!

가장 먼저 움직인 것은 전면에 있던 검귀들이었다.

第五章

흑막의 정체

거친 사기가 폭풍처럼 휘몰아치며 무성과 남소유를 짓누른다. 환술과 사기가 빚어내는 이 대법 속을 벗어날 방법은 도저히 보이지 않는 듯했다.

"무성……."

남소유는 무성의 옷깃을 잡으며 올려다보았다.

그때 무성이 담담하게 중얼거렸다.

"아직 멀었나?"

"네?"

"간독 녀석을 말하는 겁니다. 분명 올 때가 되었는데. 뭘 하느라 이렇게 늦는 거지?"

남소유는 도무지 무성의 말뜻을 이해할 수 없었다.

왜 여기서 간독이 언급되는 걸까?

그는 무너진 지하 감옥에 함몰된 것이 아니었나?

도룡추신이 발동되면서 검귀들이 단숨에 무성과 남소유에게로 치달으려는 바로 그때였다.

"늦긴 뭘 늦었단 것이냐, 애송아! 딱 제 시간에 맞춰 왔구만!"

갑자기 하늘에서 사자후가 터졌다.

동시에 쏟아지는 엄청난 기세!

얼마나 대단하던지 도룡추신 내부를 휘감던 수많은 기운들이 아주 잠시나마 풀어질 정도였다.

검귀들은 본능적으로 걸음을 멈추고 뒤쪽으로 시선을 돌렸다.

"왔구나!"

무성이 기쁨에 찬 목소리를 질렀다.

포위망 뒤쪽, 기왕과 금태연 등이 있는 곳과는 정반대되는 위치에 일단의 무리들이 들어왔다. 잘 정련된 무사들로 보이는 이들은 왕부가 마치 자신의 안방인 것처럼 거침없이 들어오고 있었다.

기왕의 눈살이 좁혀졌다.

"오늘 본 왕부가 무뢰배들의 험악한 발길로 더럽혀지는

구나."

모두의 시선이 닿은 곳.

일백에 달하는 무사들. 입고 있는 옷은 청색이었으며 하늘 위로 나부끼는 깃발에는 용사비등한 글씨체로 오로지 한 글자만이 적혀 있었다.

무(武)

무신련, 그것도 십대 무군 중 최강을 자랑한다는 청천기군의 깃발이었다!

그리고 선두에 선 이는 바로 사라졌던 간독이었다.

처처척!

일천에 달하는 무사들이 일제히 도열하는 모습은 비장함을 넘어서 사뭇 아름답기까지 했다.

특히 그 속에는 청천기군의 수장인 석대룡을 비롯해 무성과 함께 쌍존맹을 무너뜨리기 위해 여정에 올랐던 동무들, 고황, 천리비영, 그리고 조철산까지 홍운재의 장로들도 섞여 있었다.

"어떻게 저들이?"

남소유는 도무지 믿기지가 않았다.

무신련의 첨병(尖兵)으로서 강남을 질타하고 있어야 할

이들이 어떻게 이곳에 있단 말인가!

그리고 간독은 왜 같이 동행하는 것일까?

그녀의 눈이 무성에게로 향했다. 많은 의문이 담겨 있었다.

"감옥을 나오기 전에 간독과 만나서 한 가지를 지시했습니다."

남소유는 무언가 뜨이는 것 같았다.

"밖으로 나가서 무신련과 접촉하라?"

"정확하게는 거사님이었지만요. 하지만 저도 청천기군에 홍운재의 고수 분들까지 동행하실 줄은 생각하지 못했습니다. 아무래도 이번 사안이 무신련으로서도 중요했던 모양이군요."

남소유는 여전히 이해가 가지 않는 점이 많았다.

간독이 자신의 행적을 금태연 측에게 들키지 않기 위해 고의로 감옥을 무너뜨렸다는 것은 잘 알겠다.

하지만 어떻게 무신련과 접촉을 했고, 왜 무신련이 이에 응했으며, 어떻게 응원군을 보냈는지까지, 그 짧은 시간 사이에 어떻게 이리 많은 일들이 일사천리로 진행될 수 있었는지가 의문이었다.

무성이 설명을 이어 나갔다.

"숭산을 떠나기 전에 산문 초입구에다 짧은 글을 남겨

뒀습니다. 본가의 소식을 듣고 찾아온 누군가가 볼 수 있도록.”

“아! 비선!”

“예. 맞습니다.”

비선은 항상 간독의 주변을 맴돈다. 암어를 남겨 뒀다면 비선이 제대로 가동되었을 터. 그 후에 비선이 움직이는 방향은 아주 간단하다.

태청상단.

방효거사가 언제든지 필요로 하는 일이 있으면 연락하라고 남겨둔 관리책이 있지 않던가.

“다행히 거사님께 연락이 닿은 듯합니다. 상계에 종사하시면서 무림과 관부 사이에 모두 끈을 갖고 계시니 어떻게든 손을 써 주시리라 믿었는데. 너무 과분한 도움을 받았네요.”

방효거사가 청천기군과 홍운재의 네 장로를 응원군으로 보낸 것은 절대 과장된 게 아니다. 결과로 보자면 도룡추신이 가진 저력을 막으려면 이 정도는 되어야 하니.

애초 그는 기왕부의 뒤를 밟다가 읽은 것이다.

북궁검가부터 그 뒤에 있는 흑막까지. 도무지 무시할 수 없는 커다란 무언가를.

“절대 과분하지 않아요.”

남소유는 가르쳐 주고 싶었다.

"예?"

"거사께서 이렇게 도와주시는 건 절대 과분한 것이 아니에요. 오히려 그분께는 당연한 일이었을 거예요. 무성과 관련되어 있는 일이니까요. 확신을 기해야 하지요."

"당연한 일……."

"비록 지금 그분이 계신 곳이 무신련이라고는 하나, 마음은 언제나 무성과 같이 하고 있어요. 그분은 보여 주고 싶은 거예요. 여전히 무성과 함께하고 있단 사실을."

"……!"

무성의 눈이 살짝 커지다 이내 호선을 그렸다.

"그렇군요."

무성은 영검을 길게 뽑아 손에 잡았다.

"그렇다면 저 역시 화답을 보여드려야겠군요."

영검을 검귀 쪽으로 겨눈다.

바로 그 순간,

"쳐라!"

속도를 더해 어느덧 인근까지 다다랐던 청천기군이 일제히 손에 쥐고 있던 창대를 비스듬하게 하늘을 향해 겨누었다.

석대룡이 명령을 내리자 일제히 창을 던졌다.

츄츄츄— !

일천 개에 달하는 기다란 장창이 하늘을 부술 듯이 쏟아진다. 푸른색 빛깔을 자랑하는 창들이 포물선을 그리며 창날을 아래로 향하는 순간, 지옥이 강림했다.

퍼퍼퍼펑!

마치 소낙비가 내리는 듯하다. 하지만 소낙비가 내린 자리에 일어난 것은 폭풍, 아니, 광풍이었다.

엄청난 폭발이 검귀들을 집어삼킨다. 뒤를 닥친 후폭풍이 주변에 있던 검귀들을 깡그리 쓸어버린다. 칼바람이 사기를 몽땅 지워 버리고, 엄청난 폭열이 진법을 단숨에 녹였다.

무신을 잡기 위해 만든 진법이라고 했던가?

하지만 도룡추신은 어디까지나 포위전을 기초로 한 진법. 외부에서 전개한 막대한 타격을, 그것도 하늘에서 떨어진 공습에는 당해 낼 재간이 없었다.

결국 세상을 집어삼킬 것처럼 위풍당당하게 있던 도룡추신은, 도리어 뭉쳐 있기에 피해가 훨씬 커져 버린 뼈아픈 결과를 맞이하고 말았다.

천적(天敵).

도룡추신이 무신을 잡기 위해 만들어졌듯, 무신련 내에서는 도룡추신을 잡기 위해 새로운 공격법이 만들어지고 있었다.

무성도 귀병가도 모르는 사이에.

이것은 단순히 귀병가와 흑막의 싸움이 아니었다.

이젠 무신련과 흑막의 전쟁이 되어 있었다.

속수무책으로 당하는 검귀들과 다르게 후방에 진열되어 있던 전대 고수들은 상황이 그나마 나았다.

직접적인 타격이 가해진 지점에서 상당히 떨어져 있던 데다가, 가진 바 일신의 무위로 막기에도 충분했다.

천사쌍겸은 마음에 들지 않는다는 듯 두 개의 낫을 던지고 회수하기를 반복하며 폭발을 물리쳤다. 망산귀는 특유의 신법을 전개해 자리를 벗어났고, 음양이악은 동시에 허공에다 장풍을 뿌려 물리쳤다.

창마는 영 마음에 들지 않는다는 듯 인상을 한껏 찌푸리다 호신강기를 둘러 충격파를 모조리 옆으로 흘렸다.

엄청난 후폭풍을 맨몸으로 버티고도 꿈쩍도 않을 정도면 대체 얼마나 대단한 내공을 지녔을지 감도 잡히지 않을 정도였다.

하지만 공격은 거기서 그치지 않았다.

콰—앙!

도룡추신이 갈 길을 잃고 헤매는 사이, 청천기군이 그대로 옆구리에 작렬했다.

삼각 편대를 유지한 그들은 충차 전법을 이용, 뾰족한 모서리를 이용해 도룡추신의 옆구리를 강제로 비집고 들어갔다.

도룡추신이 흐트러지자, 동시에 양옆 날개가 몸을 최대한 부풀리며 검귀들을 힘껏 밀어냈다.

청천기군과 도룡추신의 충돌이 시작된 것이다!

이미 일차 타격으로 인해 경황이 없던 와중이라, 검귀들은 청천기군의 여세에 계속 떠밀렸다.

그나마 환술에 이지가 사라진 상태라 끝까지 버틸 뿐, 무너지는 것은 금방이었다.

쿠쿠쿠!

왕부의 지형 일부가 무너진다.

충격파가 낳은 여파로 인해 몇 가지 전각은 아예 주저앉을 정도였다.

남소유가 입을 쩍 벌리며 전장을 멍하니 지켜보는데 무성이 갑자기 왼손으로 그녀의 허리를 감았다.

"꽉 붙잡으세요, 남 소저."

"예? 꺄아악!"

무성은 남소유의 대답도 제대로 듣지 않고 땅을 세게 박찼다.

영검이 앞으로 쏘아졌다.

파파파파!

영검을 휘두를 때마다 초승달 모양의 검풍이 날아든다. 강기와 검기가 적절히 섞인 검풍은 검귀들의 사각지대를 교묘하게 파고들었다.

검풍은 오로지 요혈만 노렸다.

섣불리 베는 정도로는 검귀들의 의욕을 꺾기는커녕 도리어 자극만 줄 수 있을 거라 판단, 조금 힘들더라도 손속에 사정을 두지 않은 것이다.

무성이 영검을 휘두를 때마다 팔다리가 허공으로 튀어 올랐다.

쪼개진 머리통이 바닥으로 나뒹굴고, 시신과 함께 쏟아진 핏물이 웅덩이를 만들었다.

그는 남소유를 업은 채로 피로 질퍽질퍽한 대지 위를 거칠게 질주했다.

추풍낙엽이다.

검귀들은 무성 앞에서 속수무책으로 나가떨어지고 말았다.

"놈!"

고수들 중에 비교적 운신이 자유롭던 망산귀가 탈출을 시도하는 무성을 발견하고 노호성을 터뜨렸다.

단숨에 달려들며 장풍을 위에서 아래로 내리찍는다.

츠츠츠!

음산하면서도 기괴한 느낌이 잔뜩 풍긴다.

망산에서 사는 귀신이라고 하더니 익힌 무공도 음유 계통의 마공인 듯했다.

무성은 영검을 사선으로 쪼개 장풍을 갈랐다.

콰쾅!

음유한 경력이 검신을 타고 손목을 찌릿찌릿하게 울린다. 무성의 발걸음이 처음으로 주춤거렸다.

그사이 망산귀는 무성의 전면을 가로막았다.

어리다고 만만하게 본 것일까? 아니면 남소유를 업고 있으니 해 볼 만하다고 생각한 것일까?

이유는 모른다.

하지만 망산귀는 사태가 꼬여 버린 데에 대한 분풀이를 할 요량으로 전력을 다해 다시 장풍을 뿌렸다.

귀곡매장(鬼哭魅掌)!

망산귀의 장풍은 하나가 아니었다. 무성을 압도적으로 찍어 누르겠다는 일념으로 수십 개를 단번에 펼쳤다. 설상가상으로 귀곡매장 특유의 음산한 기운까지 감돌면서 숫자는 배로 증가한 것처럼 보였다.

"무성!"

남소유가 걱정 가득한 얼굴로 소리친다.

하지만 무성은 말없이 귀곡매장을 지켜보기만 하더니 다짜고짜 영검을 손에서 놓았다.

갑자기 검을 버리다니!

도저히 상식으로 판단할 수 없는 행동에 남소유의 경악이 더 커졌다.

"어리석은 놈!"

망산귀는 비웃음을 날렸다.

그런데 땅에 떨어지거나 힘을 잃고 해체되어야 할 영검이 화살처럼 앞으로 쭉 쏘아지는 것이 아닌가!

그제야 망산귀도 심상치 않은 기색을 잃었다.

"무, 무슨……!"

그의 말은 길게 이어지지 못했다.

마치 아기살처럼 영검이 허공을 일직선으로 꿰뚫는 순간, 해일처럼 쏟아지던 귀곡매장이 모조리 폭죽처럼 터져 나갔다.

퍼퍼펑!

마치 아무런 방해도 없다는 듯, 영검은 거침없이 날아 장풍을 모조리 분쇄해 버렸다.

어느덧 영검은 망산귀의 미간에까지 치달았다.

"말도 안 돼!"

망산귀는 경악을 토하면서 몸을 측면으로 틀었다.

영검이 아슬아슬하게 스쳐 지나며 이마에 길쭉한 상처를 남겼다. 핏물이 위로 튄다. 상투를 틀었던 머리카락이 한 움큼 베어 떨어졌다.

그러나 무성의 공격은 거기서 그치지 않았다.

주먹을 쥔 상태에서 검지와 중지만 편 검결지로 저만치 날아간 영검을 가리킨다.

영검과 검결지 사이로 보이지 않는 영주가 연결된 것이 느껴지자, 그대로 팔을 옆으로 틀었다.

영주의 연장선에 놓여 있던 영검이 관성의 법칙을 무시하고 그대로 옆으로 몸을 꺾는다.

날을 잔뜩 세우며 반원을 그린다.

노리는 곳은 망산귀의 뒤통수.

"이, 이기어검?"

나옥의 경우 그대로 머리통이 박살 났다.

그나마 실력이 뛰어난 축에 속하는 망산귀는 경악만 지를 뿐 침착하게 몸을 틀었다.

그러나 영검의 공격을 모두 피할 순 없었다.

촤—악!

어깨에서 분리된 오른팔이 허공으로 튀어 올랐다.

망산귀는 이를 악물어 신음을 삼켰다. 목젖 너머로 울컥 흘러나온 피를 도로 삼킬 겨를도 없었다.

이기어검술의 묘리에 따라 영검이 이번에 다시 급격히 방향을 꺾어 무릎을 베어 왔다.

파박!

망산귀는 어기충소의 수법으로 높이 도약해 가까스로 영검을 피하는 데 성공했다.

하지만 영검에 시간을 빼앗긴 사이, 무성은 어느덧 그의 옆을 지나치고 있었다.

무성은 앞가슴이 훤히 드러난 망산귀에게 장심을 박아 넣었다. 작은 구슬처럼 뭉쳐 있던 영환이 단숨에 투과하며 혈맥으로 녹아내렸다.

"쿠르륵!"

망산귀는 기맥과 혈도를 갈가리 찢는 고통에 게거품이 섞인 피를 쏟았다.

후들후들 떨리는 다리는 몸을 겨우겨우 지탱하는 것이 고작이었다.

의식은 여전히 살아 있어 고개만 무성을 쫓는다.

하지만 무성은 남소유를 업은 채로 별일 없었다는 것처럼 시선조차 주지 않았다.

"거기…… 서……!"

망산귀는 어떻게든 무성을 쫓고자 했다.

모든 일을 망쳐 버린 작자를.

수십 년 만에 세상에 나와 크게 이름을 떨칠 날만 학수고대하며 기다리고 있던 자신을, 가장 밑바닥으로 추락시켜 버린 자를!

하지만 그는 더 이상 무성의 상대가 아니었다.

"이렇게 만나게 되는군, 육호문. 이십 년 만인가? 어떤가? 그동안 잘 지내셨는가?"

고황이 바로 눈앞에 나타나 마치 반가운 친구를 맞은 것처럼 정겹게 인사를 건넨다.

하지만 두 눈은 차갑게 빛나고 있었다.

과거 망산귀는 고황과 마찬가지로 무신 백율이 무신행을 하던 와중에 부딪쳤던 비무 상대자 중 한 명이었다

그러나 백율의 이상에 반해 무신련에 참여한 고황과 다르게 망산귀는 백율에게 원한을 가지며 사사건건 그를 방해했다.

그 과정에서 고황과 망산귀는 몇 번이고 충돌했다.

그런데 이렇게 다시 만나게 될 줄이야!

"무성, 저 아이가 다 잡아 놓은 걸 내가 손쓰려니 찜찜하긴 하지만, 그래도 손속에 사정을 두지는 않을 걸세. 어찌 되었건 간에 자네는 내 사문을 어지럽힌 흉적의 일원이니까!"

"닥……쳐라! 무신의 개!"

망산귀는 지쳐도 절대 꿇리지 않겠다는 듯, 다시금 귀곡 매장을 뿌려 댔다.

고황 역시 침착하게 대응했다.

그를 상징하는 박응권요의 삭풍이 휘몰아쳤다.

잠시 후,

퍽!

망산귀의 목이 튀어 올랐다.

원한이 가득한 두 눈을 부리부리하게 뜬 채로.

고황은 한때 자신들의 발목을 사사건건 잡았던 자의 허망한 죽음을 한참이나 바라보다, 검귀들 틈바구니 사이로 뛰어들었다.

"푸하하하하! 이게 얼마만의 싸움이냐!"

석대룡은 자신으로 하여금 불패불도라는 별호를 갖게 해 주었던 직배도를 세게 내리쳤다.

쾅!

두 개의 낫을 교차시켜 가까스로 막아 낸 천사쌍겸의 인상이 와락 일그러졌다.

"예나 지금이나 무식하게 힘만 센 건 여전하구나!"

"하하하하! 네놈은 개새끼처럼 낫에다 침이나 덕지덕지 바르는 희한한 버릇이 똑같구만?"

"닥쳐라!"

"그래. 닥치게 해 주지. 네놈의 주둥아리부터!"

석대룡은 말싸움도 과히 불패불도라고 할 만큼 힐난한 폭언을 퍼부으며 마치 도끼질을 하듯이 직배도를 여러 차례 내리찍었다.

그때마다 천사쌍겸은 직배도를 옆으로 빗겨내면서 몸을 뒤로 물려야 했다.

살짝 흘렸는데도 불구하고 낫은 부러질 듯이 크게 울린다. 이대로는 정말 압도적인 힘에 눌릴 것 같다는 생각에 천사쌍겸은 입을 바드득 갈았다.

젊은 시절부터 마음에 안 들었다. 석대룡이란 녀석은.

아무리 현란한 초식을 펼쳐도 무식한 힘으로 모조리 때려눕히니 당해 낼 재간이 있겠는가.

"내 오늘 네놈의 주둥이를 찢어 놓지 않으면 천사쌍겸이 아니리라!"

천사쌍겸은 들고 있던 낫을 힘껏 던졌다.

좌르륵!

낫의 손잡이 끝에 달렸던 쇠사슬이 미끄러지며 뱀처럼 몸을 구부렸다.

음양이악은 쌍둥이다.

한날한시, 정말 찰나라고 할 만큼 아주 짧은 시간을 사이에 두고 태어난 쌍둥이.

보통 일란성 쌍둥이라고 해도 자라면서 얼굴이나 골격이 조금씩 달라진다. 그런데도 두 사람은 마치 서로 거울을 보는 것 같이 생김새가 판박이였다.

하지만 무술에 대한 재능은 반대였다.

둘 모두 타고난 재능은 뛰어나나, 추구하는 방향이 달랐던 것이다.

양악은 열양공을, 음악(陰惡)은 음한공을.

그래서 사부는 두 사람에게 알맞은 무공을 전수했다.

양악은 태양신마공(太陽神魔功)을 통해 엄청난 열기를 발산하는 법을 터득했다. 온몸으로 자글자글 타오르는 불길을 휘감은 채 적을 화마로 짓눌러 버린다.

콰콰쾅!

양악이 주먹을 내지를 때마다 마치 화탄이 터지는 듯한 충격파가 대지를 질타했다.

천리비영은 그때마다 표홀한 신법을 전개해 허공을 질주했다. 시커먼 그을음 위로 피어오르는 연기 위를 노니는 그녀의 자태는 아름답기까지 했다.

하지만 천리비영은 쉽사리 접근을 시도하지 못했다.

양악이 갑주처럼 두르고 있는 불길, 태양화리(太陽火籬)

는 언제라도 그녀를 삼키기 위해 호시탐탐 기회를 노린다.

일정 거리 안으로 들어가기만 하면 태양화리는 불길을 뿌린다. 땅거죽을 뚫고 샘솟아 단숨에 그녀를 재로 만들어 버리리라.

그렇다고 계속 간격을 벌린 채로 비수만 던질 수도 없는 노릇이었다.

호신강기의 역할도 겸하는 태양화리가 비수 따위는 화탄을 쏘아 허공에서 격추시킨다. 설사 어찌 본체에 닿는다고 해도 구멍이 생기는 것은 아주 잠시일 뿐, 어느덧 다시 불길이 빈자리를 채운다.

그렇다고 해서 양악이 압도적인 것도 아니었다.

태양화리는 막대한 공력을 소모한다.

이대로 지구전으로 돌입하면 양마는 금세 단전이 바닥을 드러내고 만다.

하지만 천리비영을 잡고 싶어도 도저히 그녀의 신법을 따라잡을 길이 없으니.

한눈을 파는 사이에 사각지대를 교묘하게 파고드는 비수도 무섭기 짝이 없다.

결국 천리비영과 양악, 두 사람의 대치는 어느 한쪽으로도 기울어지지 않은 채 팽팽하게 이뤄졌다.

한편, 음악과 조철산의 싸움도 만만치 않았다.

음악의 절기, 소소빙백성(素素氷魄晟)은 태양신마공과 반대로 위력이 막강한 편이 아니다. 범위가 넓지도, 방어력이 뛰어나지도, 효율이 좋은 편도 아니다.

그러나 소소빙백성의 진가는 접촉 때 나타난다.

피부에 닿는 순간, 그 부위는 단숨에 동상에 걸린다.

내공으로 동상을 푼다거나 하는 시도는 허락되지 않는다. 냉기가 닿은 부위 전체가 즉시 괴사해 버린다.

그뿐만이 아니다.

소소빙백성의 빙백마강(氷魄魔罡)은 마치 독과 같다.

접촉 부위를 따로 도려내지 않으면 냉기가 살갗과 혈관을 타고 금세 퍼져 버린다.

그 시간은 아주 눈 깜짝할 사이로 빨라서 많은 고수들이 음악 앞에서 별다른 신위를 뽐내지 못하고 죽어 나가야만 했다.

조철산도 절대 음악의 접근을 허락하지 않았다.

늘 구비하고 다니던 두 개의 단창을 하나로 조합해 장거리의 이점을 노린다.

파바박!

장창과 손날이 부딪칠 때마다 마치 둔탁한 얼음장을 부딪친 것처럼 얼음 조각이 튀었다.

'미치겠군.'

조철산은 눈살을 좁혔다.

창을 쥐고 있는 손이 떨어져 나갈 것 같이 너무 차갑다. 재질이 온도에 민감한 철이라 그런지 빙백마강에 의해 얼어 버린 창을 쥐고 있기가 여간 고역이 아니었다.

더군다나 공격을 위해 음악을 가만히 노려보고 있노라면 도처에 보이는 것이 빈틈이었다.

음악은 조철산으로 하여금 맘껏 공격을 하라고 유도를 하고 있었다.

빈틈을 공략하라고.

손이든 발이든 원하는 것은 모든 걸 내주겠노라고.

단, 딱 한 번만 몸을 두들겨 보자고 말한다.

아주 오래전이었다면 눈 딱 감고 빙백마강이 작렬한 부위만 도려낸다고 생각하면 되었을지 모르지만, 세월이 지나면서 깊어진 소소빙백성의 성취는 이제 '닿는 즉시 숨통이 끊어진다' 고 말하고 있었다.

선불리 조철산이 접근하지 못하는 이유였다.

'하지만 이대로 시간을 끌 수도 없는 노릇이지.'

재상 방효거사의 지시에 따라 단숨에 달려온 거리다.

이곳에서 과거에 승부를 못 다 이룬 적수들을 만나게 되었다.

이대로 진다면 지난 세월이 아깝다.

무신련의 홍운재라는 명성이 추락하고 만다.

착!

장창을 쥐고 있는 손길에 힘을 준다.

"이제야 뭘 좀 해 보려는 백가 놈의 생각도 다시 바뀔지 모르지. 그러니 여기서 쓰러져라, 과거의 망령들아!"

창날이 땅을 한 번 때렸다가 위로 솟구친다.

마치 용이 하늘로 승천하려는 듯한 경건한 자태에 음악은 빙백마강이 잔뜩 실린 손길로 화답했다.

콰쾅!

얼음 조각이 사방으로 비산하는 가운데,

쉭! 쉭!

천리비영도 조철산을 따라 승부를 내기 위해 태양화리의 불길 속으로 몸을 날렸다.

*　　*　　*

"안 돼. 안 된다고. 이대로 끝나서는……!"

금태연은 계획을 진행하기 시작한 이후 처음으로 불안이란 감정을 느꼈다.

이제야 모두 끝났다고 여겼건만.

무성을 덫으로 몰아넣는데 성공하여 숨겨두고 또 숨겨

뒀다가 확실한 승리를 위해 던진 오장로(五長老)라는 패를 드러낸 순간, 모두 순조롭게 풀릴 거라 믿었다.

이제 기왕은 자신들을 따를 수밖에 없다.

도룡추신의 위력을 손수 보여주었으니 힘의 열세를 느꼈을 터.

당연히 검귀에 대한 욕망이 커지고 커지다 끝내 정주유가에 잡아먹히게 될 수밖에 없었다. 황실을 적으로 돌린 무신련도 스스로 자멸할 것이라 여겼다.

그렇다면 기왕부와 무신련이 남긴 힘의 공백을 정주유가에서 아주 자연스럽게 흡수하면 되는 일이었다.

오랜 골칫거리였던 무신련과 기왕부의 제거.

이를 위해 정주유가가 투자한 세월이 얼마던가?

그런데 전부 산산조각 나고 말았다.

"바로 눈앞에 있었는데……! 바로! 바로 눈앞에……!"

"아니. 눈앞에 있었다고 생각하는 건 당신의 착각이오. 지금모란 금태연. 아니, 귀곡선자(鬼谷仙子) 금태연."

어느새 무성이 바로 눈앞에 있었다.

이 모든 일에 훼방을 놓은 원흉.

무신 백율과 마찬가지로 그녀와 사부님이 심혈을 기울여 공들인 모든 계획을 망쳐 버린 작자였다.

"나를…… 알아?"

금태연은 이미 특유의 자신감과 싸늘함이 가득한 얼굴이 모두 산산이 부서졌다. 마치 가면이 무너진 것처럼 독기 가득한 눈매로 무성을 노려보았다.

"처음엔 몰랐소. 하지만 몇 가지 사실을 유추하다 보니 알겠더군. 유상과 닮은 모략. 북궁대연을, 아니, 북궁검가를 버리는 패로 이용한 이유. 나아가 무신까지 잡으려는 배짱까지. 게다가 이 일에 무신련이 이렇게 크게 나서는 이유까지도. 이만한 뒷배는 얼마 없으니 조각 난 사실 관계를 토대로 단서를 조합해 본 것이오."

말은 쉽다.

하지만 그 과정을 추론하는 것이 얼마나 어려웠을지 금태연은 잘 알았다.

사실 무성이 알고 있는 단서는 아주 적다.

그것을 합쳐서 모든 걸 유추한 것이다.

"하지만 여전히 이해가 가지 않는 점이 있소. 북궁검가의 며느리인 그대가 북궁대연을 버린 이유는 알겠소. 유상과 깊은 관계였다면 그에 대한 원한도 깊었을 테니. 하지만."

무성은 말을 살짝 끊으며 힘을 주었다.

"정주유가가 왜 이 일에 깊게 관여 되어 있는지는 잘 모르겠소. 그들이 왜 무신련, 아니, 무신을 노리는지도."

"……."

결국 나오고 말았다.

그녀가 속한 가문. 정주유가라는 이름이.

"처음 정주유가는 북궁검가와 혈연관계를 맺었소. 물론 남들 모르게 다른 사대 가문과도 끈을 닿았겠지. 영호권가에는 유상을 넣거나 하는 식으로. 이를 통해 정주유가가 노린 것은 셋."

무성은 엄지와 검지, 중지를 꼽았다.

"자객의 양성과 이법의 획득, 그리고 무신련 내의 틈."

계속 말을 이어 나간다.

"자객은 무신을 암살하기 위한 것이었소. 하지만 큰 기대는 하지 않았을 거요. 그걸로 죽을 무신이 아니었으니. 애초 북궁검가는 말이었던 거요. 한 번 쓰고 버릴 말. 대신에 뒤로 이법과 검귀를 양성할 방법을 얻었으니 소기의 목적은 달성된 셈이었지."

"……."

"하지만 정주유가는 하나를 더 얻고자 했소. 틈. 철벽처럼 보이는 무신련을 파고들 틈, 말이오."

사대 가문 중 한 곳이 무신을 암살하려 했다는 사실은 그 자체만으로도 아주 큰일이다.

무신련을 들썩이게 할 만한 폭풍이다.

하지만 폭풍이 지난 후에는 반사 이익을 얻는 곳이 있기 마련이다.

“그래서 정주유가는 북궁검가를 버리는 대신에 의도적으로 한 곳에 힘을 실어 주려 했소.”

유상이 세작으로 있었던 곳.

“영호휘. 그렇지 않소?”

“…….”

“야망이 큰 영호휘로 하여금 권력을 잡게 한다. 당연히 영호휘는 정복 전쟁을 활발히 할 수밖에 없을 테고, 구(舊)세력은 깎여 나가는 대신에 신(新)세력은 탄력을 받겠지. 그사이에 두 세력 간의 충돌이 빈번하게 벌어질 것은 아주 자명한 일.”

말이 계속 될수록 금태연은 머릿속이 하얘졌다.

“정주유가는 바로 그 틈을 비집고 들어가려 했을 거요. 영호휘가 아무리 날뛰어 봤자 무신을 당해 낼 수는 없을 테니 언젠가는 정주유가에 의탁할 수밖에 없을 테고, 그때 전면에 나서서 무신을 해하고 모든 걸 집어삼킨다…… 이게 당신들이 짠 계획의 골자가 아니었소?”

“……!”

모든 것이 낱낱이 분해되고 있었다.

뿌리 깊게 가졌던 생각과 의도, 그 모든 것들이.

마치 발가벗겨진 기분이었다.

"하지만 정주유가의 계획은 초장부터 잘못되었소. 속세를 등졌다고 알려진 무신이 실상 기회를 엿보고 있었다는 걸 전혀 몰랐던 것이지."

무신. 백율. 강한 무공만큼이나 심계도 깊은 자.

"무신은 사대 가문을 모조리 쳐 냈소. 제 손에 피 한 번 묻히지 않고. 단번에 정주유가의 손길이 닿은 암수를 모조리 잘라낸 거요."

금태연은 아직도 기억한다.

혼란에 잠긴 장로들. 그리고 한평생 흑막에서 세상을 우롱하고 조율하며 지내 왔다는 자부심 하나로 살았던 사부님이 짙게 내뱉던 탄식을.

"무신은…… 정말이지 지독하게도 무서운 자로구나."

그러면서 한마디를 덧붙였다.

"그러니 잡아야만 한다. 무슨 일이 있더라도. 반드시."

하지만 과연 이자는 알까?

사부님에게 벽으로 닿은 것은 분명 무신이다.

하지만 가장 골치를 썩게 만든 자는 정작 따로 있다.

진무성.

바로 그다.

"수십 년간 공을 들였던 계획이 수포로 돌아가고 말았으니 다른 계획을 세워야 했을 거요. 조금 무리수가 따르더라도 무신련을 단번에 거꾸러뜨릴 수 있는 계획."

무성의 말은 계속 이어진다.

"황실과의 충돌이오. 정확히는 기왕부와의 충돌. 나와 무신의 관계를 이용한 것이겠지. 때마침 자신들 역시 조정에 적을 둔 관료 가문이니 옆에서 부채질하는 것은 손쉬웠을 테고."

무성은 눈을 가느다랗게 좁혔다.

"듣자 하니 전하께는 내 목을 잘라 초왕부로 보내고 역모를 증거로 권력을 틀어쥐시라고 말했다지? 하지만 자세히 생각해 보면 이 역시 웃긴 말이오. 이건 어디까지나 정주유가가 기왕부의 편을 들었을 때에나 가능한 일. 만약 언약을 깨고 뒤로 빠지게 되면? 그때는 기왕부가 사면초가로 몰리게 되지."

"……."

"정주유가에서는 이렇게 말할 것 아니오? '이쪽에서는 말렸으나 기왕부가 의도적으로 역적의 목을 빨리 베고 실권을 틀어쥐려 군사를 거병했다.'"

"……!"

"거병이오. 거병. 아 다르고 어 다르듯이, 조정에 직접 나아가 있는 병부상서가 황제께 그런 장계를 올리면 어찌 될지 모르겠소."

설사 거병을 하지 않는다고 해도 문제가 없다.

무신 백율은 초왕과 친구 사이다.

비록 주익의 사건으로 인해 관계가 틀어졌다고는 하나, 황족들 중 강호 무림의 중요성을 가장 잘 알고 있는 초왕이 무신련과 직접 부딪치기는 만무하다.

결국 무신련은 기왕부를 압박하려 들 테고, 기왕부는 방어를 위해 군사를 동원하는 과정에서 정주유가의 함정에 빠지게 된다.

거병이라는 함정에.

자신을 지키려다 도리어 목을 치는 칼이 되는 것이다.

"처음부터 숙적인 기왕부를 무신련과 함께 공멸시키고 권력의 공백을 초왕부로 채우려 했던 거요. 차기 황권을 초왕에게 주려 했던 거지."

"……."

"그렇게 무신련이 기왕부와의 충돌로 혼란에 빠진 사이, 준비했던 검귀며 마인들을 총동원해 도룡추신으로 무신을 잡을 속셈이었을 터."

무성이 차갑게 말을 마쳤다.

"이로써 정주유가는 조정과 무림, 두 개를 모두 틀어쥐는 것이오. 그렇지 않소?"

금태연은 더 이상 아무 말도 잇지 못했다.

피가 나도록 질끈 아랫입술을 깨물었다.

'이것이었어. 내가 가장 우려했던 게.'

무성은 사태의 본질과 핵심을 파악하는 눈이 있다.

이것도 그의 의숙, 한유원의 가르침인 걸까?

아주 오래전, 시조 귀곡자를 심산유곡에 틀어박히게 만든 장본인, 묵자의 후예.

'지독한 악연이야. 이들과는.'

그저 단순한 자객으로 시작해 일에 하나둘씩 초장을 치르기 시작하던 이자는, 이제 모든 걸 망쳐 원점으로 회귀시켜 버렸다.

"그 말, 진짜인가?"

그때 근방에 있던 기왕이 흉흉한 눈빛을 토했다.

금태연은 잠시간 대답이 없었다.

"말해 보라! 감히 정주유가 따위가 역모를 꾸미고 있었단 말이냐!"

금태연이 반박했다.

"역모라니요! 가당치도 않습니다!"

"그럼 그게 역모가 아니라면 무엇이냔 말이다! 감히 황도의 어림군(御臨軍)을 자처하는 본 왕부를 무너뜨리려고 해?"

금태연은 입을 꾹 다물고서 아무 대답도 하지 않았다.

여기서 뭐라고 항변을 한들, 기왕의 귓속에 들어갈 리가 만무하다.

하물며 황실의 손발이라고 할 수 있는 기왕부를 무너뜨릴 계책은 진짜였기에 달리 변명을 할 수도 없었다.

"진무성이라고 했던가!"

"예. 전하."

기왕의 외침에 무성이 부복하며 예를 갖춘다.

"그대, 나의 사람이 되겠다고 했지?"

"그렇사옵니다."

"그대가 보여 준 가치, 아주 잘 보았다. 과인도 모르는 사이에 위기에 처한 본 왕부를 그대가 구해 주었음이야. 이에 그대에게 쓰인 죄를 사하고 종이품의 금위영(禁衛營) 대장에 임명한다. 감히 과인을 시해하려한 도당들을 모두 쓸어버리라."

"명을 받듭니다!"

사면을 받은 것으로도 모자라 기왕부의 관직까지 받게 된 이상, 무성을 옭아맬 수단은 더 이상 없다.

무성이 영검을 뽑아 금태연에게로 겨누었다.

두 사람 사이에 싸늘한 적막이 감돌았다.

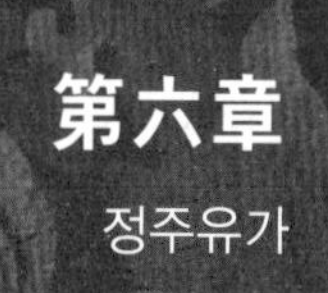

第六章

정주유가

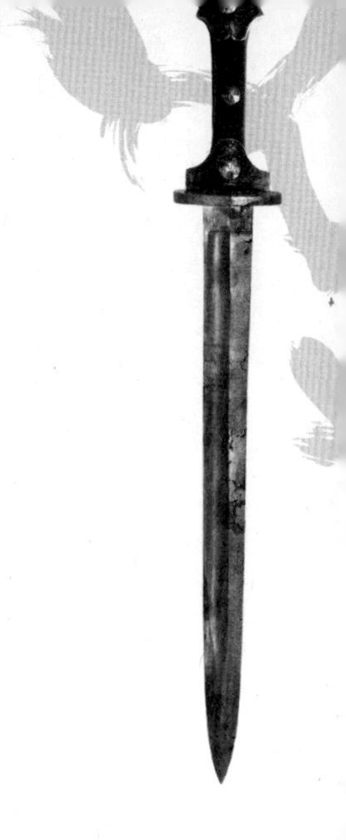

무성이 금태연을 포박하기 위해 나서려던 찰나였다.

갑자기 뒤편에서 암습이 닥쳤다.

무성은 재빨리 몸을 옆으로 틀면서 암수를 튕겨 냈다.

퍼퍼펑!

암수에 실린 힘이 얼마나 대단하던지 영검이 금방이라도 부서질 듯이 크게 휘청거렸다. 손목을 타고 흐르는 찌릿한 통증에 무성은 두 눈을 크게 뜨고 말았다.

반면에 암습을 가한 자는 한없이 여유로웠다.

마치 잠이 오는 듯 두 눈을 게슴츠레하게 뜨면서 움직이는 노인.

그때마다 왼쪽 귀에 걸린 귀걸이가 찰랑인다.

그 아래로 창날이 마치 먹이를 노리는 뱀처럼 교묘하게 덤비면서 무성을 단숨에 궁지로 몰아넣었다.

"제법이로구나. 백가 놈이 유일하게 인정한 아이가 있다더니. 확실히 그럴 만해."

노인, 창마는 감탄 아닌 감탄을 흘리며 창을 종대로 세게 휘둘렀다.

"하지만 아직은 여러모로 부족한 점이 보이는구나."

쾅!

"흡!"

무성은 몸이 뒤로 크게 튕겨 나고 말았다.

'대체……!'

홍운재의 여러 고수들과도 싸움을 나눠 봤던 무성이었지만 이만한 실력자는 절대 없었다.

단순히 창을 휘두른 것만으로도 이만한 힘이라니!

제대로 된 초식을 펼치면 얼마나 대단한 실력자일지 감도 잡히질 않았다.

무성이 밀려난 사이에 창마는 단숨에 금태연을 안아 자리를 피하려 했다.

'귀곡선자를 놓치면 안 돼!'

이번 일에는 아직도 풀리지 않은 수수께끼가 많다. 정주유가의 배후가 무엇인지, 흑막의 정체가 무엇인지, 이들의 정확한 노림수가 무엇인지를 알아내야만 했다. 금태연은 이를 위한 열쇠였다.

무성은 창마에게로 영검을 던졌다.

부—웅!

영주가 고리처럼 연결된 영검은 이기어검술의 묘리에 따라 단숨에 창마의 등에 다다랐다.

"조용히 물러나려 했더니."

창마는 마음에 안 든다는 듯이 인상을 찡그리며 오른손을 뒤로 뿌렸다. 왼손은 넋이 나간 금태연을 부축하고 있어 운신이 자유롭지 못했다.

따다당!

삽시간에 허공에서 창과 영검이 격돌한다.

그사이 무성은 최대한의 속도로 몸을 던져 창마에게로 치달았다.

오른손은 검결지를 짚으면서, 왼손은 새로운 영검을 뽑아 횡대로 휘둘렀다.

콰쾅!

이기어검은 창날을, 왼손의 영검은 창의 중앙을 친다.

샛노란 불꽃이 사방으로 튀었지만, 창은 가볍게 떨리기만 할 뿐 끄덕도 않았다.

창마는 창으로 크게 원을 그렸다.

한 손으로 그리기엔 불편할 텐데도 불구하고 마치 창은 수족의 연장선이라도 되는 듯 아주 자연스러웠다.

까가강!

풍차처럼 회전하는 창에서는 매서운 강풍이 사방팔방으로 뿌려졌다.

아니, 이건 강풍의 정도가 아니었다. 태풍이었다.

풍백(風魄)!

창마를 상징하는 풍왕십이결(風旺十二結) 중 일 초식의 전개에 무성은 가만히 서 있는 것만으로도 그대로 튕겨날 것 같이 휘청거렸다.

앞을 분간할 수 없을 정도로 매섭게 소용돌이치는 강풍은 자칫 균형이라도 흐트러지는 날에는 창날에 목젖이 꿰뚫릴 수도 있었다.

그러나 무성은 이미 시각의 범위를 넘어선 지 오래다.

영운해법의 탄생과 함께 확장된 공간지각 능력은 이제 예시(豫示)의 경지에까지 비슷하게 이르렀다.

어디로 창날과 강풍이 불어 닥칠지 예상이 되니 그것을 거슬러 오르며 반격을 꾀하는 것이다.

하지만 창마가 만만치 않은 이라는 사실은 변하지 않았다.

창마는 무성이 계속 빈틈을 노리자, 이대로는 안 되겠다고 여겼는지 이번에는 마구잡이로 뿌려 대던 바람을 안쪽으로 잡아당겼다.

강풍이 뱅그르르 소용돌이를 그리면서 와선을 만들어 무성을 속박하는 사실이 되었다.

풍망(風網)이다.

풍왕십이결의 이 초식.

무성을 가두기 위한 그물이 짜이는 순간,

'틈이다!'

무성은 검결지를 아래로 내려 이기어검으로 창마의 왼손에 들려 있던 금태연을 노렸다.

당연히 창마는 그녀를 보호하기 위해 한순간 몸을 틀었다. 풍망이 살짝 일그러지면서 창날이 이기어검을 파쇄했다.

그사이 무성은 왼손에 들렸던 영검으로 창날의 중심을 때렸다.

따앙!

가벼운 소리였지만, 전력을 다해 휘둘렀기에 창대는 시큰하게 울렸다. 잠깐 일그러졌던 풍망은 구심점을 잃고 사방으로 흩어졌다.

창마의 얼굴에 잠깐 당황하는 기색이 어린다.

무성은 지체하지 않고 오른손에 쥐고 있던 검결지를 풀면서 새로운 영검을 뽑았다. 세 번째 영검은 교묘하게 파고들면서 창마의 우측 어깻죽지를 노렸다.

"갈(喝)—!"

별안간 갑자기 창마가 흉신악살처럼 인상을 찡그리더니 사자후를 내질렀다.

마신후(魔神吼)!

엄청난 음파가 고막을 때린다. 눈앞에서 터진 엄청난 진동파는 몸을 크게 떨어 한순간 무성의 행동을 멈추게 만들었다.

단전이 금방이라 폭발할 것처럼 부글부글 끓고 영목은 단숨에 정지되었다.

여파는 거기서 그치지 않았다.

창마에게서 퍼진 진동파의 해일은 단숨에 기왕부 전체를 뒤흔들어 놓았다.

대지가 들썩인다.

왕부 전체를 휘감던 살기의 파도가 물로 씻은 듯이 사라지고, 들끓던 피 냄새와 증오 어린 비명과 절규가 단숨에 훅 하고 꺼졌다.

근방에서 직접 정신적 타격을 입은 검귀들은 피를 토하며 바닥에 고꾸라졌다. 청천기군은 비틀거리며 저마다 병장기를 땅바닥에 꽂아 몸을 겨우 지탱했다.

금태연이 대동했던 다른 마인들이며 홍운재 장로들도 상태가 다르진 않았다.

“저 미친 늙은이가……!”

천사쌍겸은 안색이 창백해진 채로 숨을 헐떡였다.

음양이악을 휘감던 빙백마강과 태양화리는 물을 끼얹은 것처럼 훅 꺼졌다. 막대한 내공을 상실한 두 사람은 비틀거리며 다시 무공을 전개하려 했지만 뜻대로 따라주질 않았다.

“저 무지막지한 힘은…… 더 세졌구나.”

“백가 놈보다 더 나이도 먹어 놓고서 저 지경이라니. 어린 후배들에게 미안하지도 않나. 인간 같지도 않은 작자 같으니라고.”

조철산과 석대룡은 이를 바득바득 갈았다. 고황과 천리비영도 전투를 즉각 멈추고 짧은 운기행공을 행했다.

들끓던 싸움을 단 일갈에 진정시킬 정도로 창마가 남긴 여파는 대단한 것이었다.

파스스…….

염력의 공급이 단절되자 영검은 창마에게 닿기 일보 직전에 파도에 휩쓸린 모래성처럼 허망하게 흩어졌다.

창마는 무성을 한껏 노려보며 으르렁거렸다.

"네놈이 소림 따위를 꺾었다고 하여 벌써 무신이라도 되는 줄 알았더냐! 주제를 알았으면 썩 물럿거라!"

"……!"

마치 마법에 걸린 것처럼 무성의 몸이 빳빳하게 굳어 버린 찰나, 창마는 유유히 금태연을 안고 왕부를 떴다.

도주이되 도주 같지 않은 모습.

무성은 큰 벽으로 다가온 창마의 존재감에 이를 악물어야 했다.

염력을 깨워 정지되었던 신진대사를 다시 촉진시키기는 했으나, 몸에 잔잔히 남아 있는 여진은 도저히 진정시킬 수가 없었다.

'금태연을 잡을 수 없다면 다른 자라도 잡아야 한다!'

무성은 창마를 잡기를 포기했다.

청천기군과 금의위를 대동하고 억지로 뒤쫓으면 잡을 수 있을지도 모르나, 그가 보인 힘이 너무 대단했던지라 큰 피해를 각오해야만 했다.

그렇다면 차선을 택할 수밖에.

무성은 이를 악물고 여전히 정신을 차리지 못하는 남은 마인들에게로 몸을 날렸다.

"제기라아아알!"

천사쌍겸을 노호를 터뜨렸다.

일이 다 끝났다고 생각하던 차에 갑자기 무신련의 종자들이 나타나 훼방을 놓더니, 이제는 창마가 금태연을 데리고 줄행랑을 놓는 게 아닌가!

그것도 떠날 거면 그냥 떠날 것이지 마신후까지 터뜨릴 것은 또 뭔가.

마신후는 마공이자 요술(妖術)이다.

사람의 감각을 속이는 환술과는 다르게 정신에 곧장 타격을 가한다. 저주와도 일맥상통한다.

그들과 같은 마인들에게는 천적이나 다름없다.

가만히 있다가 아군에게 뒤통수를 맞은 격이니 몸이 말을 듣질 않는다.

검귀들은 아예 정신줄을 놓고 침을 질질 흘리며 골골댄다. 자신은 단전이 바위를 갖다 놓은 것처럼 꿈쩍도 않았다. 조금씩 기운이 새어 나오긴 하지만 무공을 펼치기엔 턱없이 부족했다.

반면에 무신련 측은 서서히 정신을 차리고 있었다.

"죽겠군. 숙취도 이 정도는 아니라고."

석대룡은 우악스러운 손으로 관자놀이를 짚으며 머리를 세게 휘저었다.

그러다 직배도를 천사쌍겸에게로 겨누며 씩 웃었다.

"뭐, 그래도 네놈만 하겠냐만은."

"닥쳐!"

천사쌍겸은 진심으로 분노했다.

지금은 놈의 말장난에 놀아 줄 기분이 아니었다.

땅에 떨어진 두 개의 낫을 집는다. 낫을 벌리자, 손잡이 끝에 달린 쇠사슬이 따라 움직였다.

곧 쥐색의 쇠사슬이 붉게 달아올랐다. 펄펄 열을 내고 있었다. 열기는 손잡이를 지나 낫에도 닿았다. 마치 불길에 담갔다가 뺀 것처럼 새하얀 김을 마구 뿜었다.

쿠쿠쿠!

천사쌍겸의 두 눈도 불꽃처럼 타오른다.

몸 위로는 시퍼런 핏대가 자글자글하게 서며 금방이라도 튀어나올 것처럼 흉측하게 변했다.

일순, 석대룡의 얼굴에 당황하는 기색이 어렸다.

"어이어이, 정말 그런 미친 짓을 하려고?"

"어차피 이러나저러나 죽을 몸이라면 네놈이라도 데려가야지!"

"이런 미친!"

역혈대법(逆血大法)!

순행하는 기혈을 반대로 돌려 일시적으로 기력을 폭발시키는 마도의 기법이다.

단숨에 무위가 증진한다는 이점이 있지만, 반대로 육신이 무너진다는 가장 큰 단점이 있다. 선천지기도 같이 폭발하기 때문에 힘이 다하고 나면 죽음을 면치 못한다.

하지만 천사쌍겸으로서는 어쩔 수 없는 선택이었다.

마신후의 후유증으로 내공을 사용하지 못해 멍청하게 제압될 바에는 저항이라도 해야 했다.

덕분에 후유증은 사라지고 막대한 힘이 일지 않는가!

쾅!

땅을 세게 밟으며 단숨에 석대룡에게로 쇄도한다.

따—앙!

석대룡은 마치 방패처럼 직배도의 널찍한 도면을 세워 낫을 튕겼다.

하지만 천사쌍겸은 우측의 낫을 도면 위에다 걸면서 힘을 주었다.

반동으로 몸이 위로 붕 떠오르자 단숨에 직배도 뒤편으로 도약, 좌측의 낫을 횡대로 휘둘러 직접 석대룡의 목을 치려했다.

단순하지만 아주 빠른 신속 명확한 공격이다.

평소 힘에 치중한 나머지 움직임이 둔한 석대룡으로서는 따라가기가 힘들었다.

직배도를 위로 쳐올려 천사쌍겸을 베려 할 때에는 이미

너무 늦은 후였다.

석대룡의 얼굴에 경악이 어린다.

하지만 그의 눈에 비친 천사쌍겸은 만족했다.

휘둘러지는 직배도의 일격에 사타구니부터 머리통까지 단숨에 피떡이 될 테지만, 최소한 한 놈은 데려갈 수 있을 테니.

그로 하여간 오랫동안 세상에도 못 나오게 만든 이 증오스러운 작자들을!

하지만,

스걱!

석대룡의 머리통은 허공으로 튀어 오르지 않았다.

대신에 낫을 쥐고 있는 천사쌍겸의 양손이 위로 떠올랐다. 가벼운 피분수와 함께.

원인을 확인한 천사쌍겸의 두 눈이 부릅떠졌다.

'이, 이기어검!'

곧 직배도의 공격이 하체를 휩쓸었다.

무성은 천사쌍겸에게 날린 이기어검이 어떻게 되었는지 굳이 확인하지 않았다.

지금은 음양이악의 합공을 맞받아치는 것으로도 충분히 바빴다.

"죽어!"

양악이 장법으로 허공을 격타한다.

콰콰콰!

공간을 비집고 시뻘건 화염이 용암처럼 마구 쏟아졌다. 태양화리였다.

하지만 무성이 새로 영검을 뽑아 세차게 휘두르니 거기서 일어난 풍압이 단숨에 태양화리의 정중앙에다 구멍을 내 버렸다.

금세 빈공간이 메워졌지만, 무성은 단숨에 구멍을 통과하여 양악에게로 치달았다.

"이이익!"

양악은 공포에 잔뜩 질린 얼굴로 마구잡이로 손을 휘둘렀다.

망산귀와 천사쌍겸이 별다른 저항도 하지 못하고 무너진 것을 확인했던 터라, 무성에 대한 공포심이 아주 컸던 것이다.

하지만 무성은 쾌도난마로 장법을 모두 파훼시키며 마지막으로 영검의 검첨을 뾰족하게 세웠다.

퍽!

영검이 단전을 관통한다.

연료 공급이 끊어진 태양화리는 방향을 잃고 도리어 역

으로 활동해 양악을 집어삼켰다.

"크아아아악!"

세상에서 가장 극악한 고통은 분신(焚身)이라던가.

양악의 비명 소리를 뒤로하고서 무성은 다시금 몸을 반전시켰다.

음악이 빙백마강을 마구 쏘아대고 있었다.

마치 암기처럼 허공에 가득 뿌려진 수십 개의 고드름이 소낙비처럼 쏟아졌다.

따다당!

무성은 빠른 손속으로 고드름을 모조리 튕겨 냈다.

동시에 왼손으로 허공에다 검결지를 짚었다.

저 멀리 천사쌍겸을 베고 허공에 흩어지려던 영검에 다시금 영주가 연결되었다. 검결지를 안으로 당기자 영주가 팽팽해지면서 영검이 크게 원호를 그렸다.

음악은 냉기를 뿌려 높다란 얼음벽을 세웠다.

빙백마벽(氷魄魔壁)!

영검은 두께가 삼 치 이상이나 되는 얼음벽을 뚫지 못하고 겉에만 틀어박힌 채 꿈쩍도 않았다.

음악의 입가에 냉소가 어렸다.

무성과의 거리는 상당히 떨어져 있는 바. 이기어검이 이렇게 막혀 있으니 어찌할 것이냐는 물음이었다. 이쪽에서는 계속 빙백마강을 쏘아 탈출로를 모색할 참이었다.

바로 그때,

우—웅!

"컥!"

별안간 눈앞에 번쩍이는가 싶더니 복부에 시큰한 느낌이 들었다.

고개를 내려 보니 옷이 피로 젖어 붉게 물들고 있었다.

동시에 내공이 급속도로 빠져나갔다. 그리고 빠져나가는 만큼 손발이 꽁꽁 얼면서 서서히 고드름이 맺혔다. 숨을 쉬는 입가로 새하얀 입김이 나왔다.

"이기어……검이…… 두 개?"

저 멀리 무성이 왼손이 아닌 오른손으로 검결지를 짚고 있었다.

이기어검 하나만 해도 놀라울 일인데 두 개라니.

믿기지 않는다는 표정으로 무성을 보는 동안 목 밑까지 치밀었던 냉기가 곧 그를 얼음 속에 꽁꽁 가둬 버렸다.

무성의 활약상과 함께 세 고수가 단숨에 제압되자, 남은 검귀들도 마신후의 후유증을 버티지 못하다가 끝내 모두 목이 떨어졌다.

금의위는 겨우 숨이 붙어 있는 검귀들과 천사쌍겸 등을

포박해 형부로 압송했다. 세 사람 모두 크게 다치긴 했으나, 여전히 숨이 붙어 있었기에 따로 의원을 붙였다.

"생각했던 것보다 약하군. 이놈들."

조철산이 죽은 검귀들을 보며 의문을 드러냈다.

무성이 대답했다.

"환술로 인해 마성이 급격하게 폭발된 시점에 마신후까지 더해지자 정신에 막대한 타격을 입은 겁니다. 그나저나 마신후라니. 말로만 듣던 것을 직접 보게 될 줄은 몰랐습니다."

조철산은 땅이 꺼져라 한숨을 내쉬었다.

"창마는 예전부터 그런 자였다네. 천사쌍겸이나 망산귀 같은 놈들이 있었던 것은 파악하고 있었네만, 그자까지 있을 줄은 상상도 못했어."

"역시 예상하고 계셨군요."

"거기에 대해서는 우리도 할 말이 많다네. 다만, 창마보다도 더 놀라운 건 따로 있다네."

"……?"

"바로 자네야."

"과찬이십니다."

"단순한 칭찬이 아니야. 련에서도 찾고자 오랫동안 뒤쫓았으나 결국 찾지 못했던 자들일세. 이런 이들이 자네

하나를 잡고자 이런 덫을 만들었는데도 잡기는커녕 도리어 당했어."

조철산의 눈매가 깊어졌다.

"대체 자네의 끝은 어딘가?"

많은 의문을 눈빛 속에 담는다.

무성은 피식 웃고 말았다.

"제 끝은 없습니다. 이제 시작일 뿐이지요."

"그런가? 앞으로도 더 커 나갈 거란 뜻이로군."

조철산도 차분하게 웃었다.

"그보다 련에서는 이들이 누군지 아시는 것 같은데 맞으신지요?"

"맞다네. 잘 알지. 아주 잘 알고말고. 이들은……."

"잠깐. 그 이야기는 과인도 같이 들어야겠네만."

조철산의 말허리를 끊으며 기왕이 다가왔다.

무성과 조철산, 뒤편에 있던 장로들이며 청천기군까지 모두 예를 갖췄다.

그들이 제아무리 조정과 관부를 싫어하는 무림인들이라고는 하나, 황족은 예외였다. 하물며 무신련이 있는 낙양을 포괄한 거대한 영지를 다스리는 친왕임에야.

기왕은 뒷짐을 쥐며 주변을 둘러보았다.

폐허가 된 왕부가 눈에 들어온다. 이맛살이 절로 찌푸려졌다.

"한바탕을 해도 너무 크게 했군. 이래서야 누가 어림군의 왕부라고 할 수 있겠나?"

"죄송하옵니다, 전하."

"되었다. 이깟 왕부 따위야 얼마든지 재건할 수 있는 것이니. 그보다 말해 보라. 감히 과인을 욕보이려던 자가 누구였는지를."

조철산은 잠시 주변을 둘러보았다.

"전하께서는 어디까지 알고 계시는지요?"

"정주유가가 감히 과인을 능멸하려 했다는 것! 금의위 중 일부가 놈들과 결탁했다는 것! 금위영 대장이 곤혹을 치를 뻔했다는 것! 그리고……!"

기왕의 두 눈이 시퍼런 광망을 토했다.

"곧 조정에 피바람이 불 거란 것!"

"……!"

조철산은 침을 삼키며 말했다.

"전하께 독대를 청하옵니다."

"흥! 꼴에 비밀이 많다는 뜻이로구나. 좋다. 하지만 그 전에 처리해야 할 일이 있지."

기왕은 무성과 벽해공주를 돌아보았다.

"금위영 대장! 그리고 어영청(御營廳) 대장!"

"하명하시지요."

"하명하시옵소서!"

금위영이 왕부를 지키는 군이면, 어영청은 영지를 지키는 군이다. 현재는 임의로 벽해공주가 총책임자를 맡고 있었다.

"그대들은 금군을 이끌고 가 정주유가를 토벌하라! 가주를 포함한 직계 식솔들은 모두 추포할 것이되, 만약 저항한다면 사살해도 무방하다!"

"명을 받듭니다."

"명을 받듭니다."

석대룡이 나섰다.

"저희 역시 한 손 거들지요. 놈들은 저희와도 원한이 있사옵니다."

"마음대로 하라. 단, 죄인들은 모두 왕부로 압송할 것이니 가로챌 생각일랑 하지 말도록! 과인의 말을 허투루 여길시, 무신련에도 같은 죄를 묻겠다."

"걱정 마시옵소서."

기왕은 몸을 돌리며 조철산에게 말했다.

"따라오라!"

* * *

"이제야 정신이 좀 드느냐?"

금태연이 정신적 충격에서 깨어난 건 한참 후였다.

창마의 물음에 금태연은 고개를 숙였다.

"……심려를 끼쳐 드려 죄송합니다, 무곡(武曲)."

"심려라고 할 것이 뭐가 있느냐? 그냥 뜻한 대로 잘 풀리지 않은 것을 갖고."

"하지만 저로 인해 피해가……!"

"어찌 일을 치르는 데에 있어서 피해가 없을 수 있단 말이냐? 어차피 모두 각오했던 바다. 억지가 일부 따랐던 만큼 빈틈도 많았던 것이지."

"그러나 일곱 개의 기반 중 하나를 잃게 되었습니다."

흑막이 위험한 것은 흑막에 있기 때문이다.

그 모습이 만천하에 공개된 이상, 겉으로 정주유가라는 이름을 갖고 있던 귀곡산장(鬼谷山莊)은 이제 그 힘을 잃게 되어 버렸다.

"아니. 이것은 진무성, 그 아이가 우리가 생각했던 것보다 훨씬 대단한 변수였다는 점이 가장 크겠지."

창마는 금태연의 머리를 쓰다듬었다.

마치 친손녀를 대하듯이.

"그러나 덕분에 알게 되지 않았더냐?"

창마의 입가에 미소가 번졌다.

"무신련이 갖고 있는 허실을."

* * *

무성은 벽해공주, 석대룡과 함께 일만 금군과 청천기군을 대동하고서 정주로 곧장 향했다.

'그때 구해드렸던 분이 공주이실 줄이야.'

처음 기왕의 환심을 사고서 벽해공주와 마주했을 때 크게 놀라고 말았다.

자신이 소림사에서 구해 준 여인이 기왕의 금지옥엽일 줄 누가 짐작이나 했겠는가.

그때는 가녀리기만 했던 여인이었건만.

지금은 갑주를 착용한 모습을 보니 만인을 굴종케 하는 위엄이 잔뜩 베어 난다. 기왕의 피를 이은 것이 틀림없었다.

"다행이에요. 일이 잘 풀려서."

"감사합니다."

벽해공주는 가볍게 고개를 끄덕였다.

그 후로 그녀와 별다른 대화는 하지 않았다.

그가 스스로 공치사를 할 만큼 뻔뻔한 낯짝도 안 되거니와 지금은 정주유가와 흑막에 대한 정체를 파악하는 것이 급선무였다.

석대룡에게 물었다.

"본래 무신께서 잡으려 했던 자들은 사대 가문이나 쌍존맹이 아닌 이들인 듯합니다. 맞는지요?"

"확실히 조가 놈의 말대로 머리가 똑똑하구나."

"그리고 정주유가와 북궁검가는 놈들의 극단적인 일부에 지나지 않을 테지요."

"호오? 거기까지 예상했더냐?"

석대룡이 기분 좋게 웃는다.

무성은 그것을 긍정으로 받아들였다.

"그들은 누굽니까?"

"야별성(夜別星)이다."

"야별성?"

무성은 인상을 찡그렸다.

아무리 생각해 봐도 처음 듣는 이름이었다.

"골머리를 쥐어짜 봤자 떠오르는 건 없을 게다. 아주 오랫동안 음지에서나 지내 왔던 놈들이니. 련이 만들어질 무렵부터 줄곧 대립을 해 왔던 자들이다."

"수십 년 동안 말씀이십니까?"

"그래."

무성은 감이 잡히질 않았다.

"련이 양이라면 놈들은 음이다. 련이 태양이라면 놈들은 달이다. 줄곧 그렇게 대립해 왔다. 련이 천하에 우뚝 설 때, 놈들은 뒤편에서 우리들을 노려보았지. 언제나. 그리고 늘 련을 거꾸러뜨리기 위해 암약해 왔다."

확실히 이번에 나타난 이들은 면면이 모두 오래전에 자취를 감췄다고 알려진 전전대 고수들이었다.

그리고 공통적인 특징이 있었다.

무성은 번뜩 떠오른 단어를 입에 담았다.

"무신행!"

"맞다. 놈들은 백가 놈이 홍안 시절에 비무행을 돌면서 패배했던 자들이 뭉쳐 만든 곳이다. 모태가 되는 조직도 있지만 별반 다르진 않지."

석대룡이 차갑게 웃으며 말을 이었다.

"우리는 언제나 그런 놈들과 싸워 왔다. 쌍존맹? 만야월? 그까짓 놈들은 우리들이 대립하는 와중에 생긴 곁두리일뿐. 련의 주적은 바로 그들이다."

무성은 침음성을 흘렸다.

만만치 않은 곳이라 여겼지만 무신련이 주적이라 여길 만한 곳이라니.

검룡부의 처참한 붕괴를 직접 보았기에 더 놀랍다.

"그만한 자들이 여태 모습을 비추지 않은 게 도저히 이해가 가질 않습니다."

힘이란 있으면 있을수록 내보이고 싶은 법이다.

무신련과 오랜 세월 대적할 정도로 대단한 곳이 단 한 번도 바깥으로 모습을 드러내지 않은 게 이상하다.

도리어 그만한 힘을 갖고 있었다면 일부 반발을 사 분열이 났어도 이상하지 않다. 자중지란. 제 무게를 버티지 못하고 무너졌을 터.

"그러니 더 대단하다는 게다. 놈들은 일반 상식으로는 도무지 이해가 가질 않는 행동을 많이 하니. 하지만 너도 알아야 한다. 놈들은 상식을 벗어난 지 오래야. 백가 놈에 대한 원한이 하늘에 닿아 인내심이 극에 달했지."

"그 일환으로 절 미끼로 삼으려 했던 것이군요."

"그래. 하지만 미끼가 도리어 낚시꾼을 바다 속으로 빠뜨리고 말았으니. 이 얼마나 웃긴 일이냐! 하하하!"

석대룡은 기분 좋게 웃었다.

"백가 놈이 한 방을 먹이고 나서 한동안 놈들의 움직임이 주춤거렸지. 그래도 뭔가를 꾸미고 있겠거니 하며 예의주시를 하고 있었는데 너를 이용하려 들 줄은 꿈에도 몰랐단다. 괜히 우리 일에 끼어들게 해서 미안하구나."

무성은 고개를 가로저었다.

“아닙니다. 정주유가와 초왕부가 관련되어 있는 이상, 이 일은 제 일이기도 합니다.”

“그러더냐?”

주익의 생가, 초왕부. 그런 초왕을 황제로 추대하려는 정주유가. 거기서 생긴 음모에 희생되었던 귀병.

무성은 그들의 다툼에서 생긴 억울한 희생자다.

하지만 강호의 은원이란 언제나 맞물리는 것.

무성은 하늘 아래 우뚝 서는데 있어서 야별성과 끝까지 대립하게 될 거란 걸 본능적으로 깨달았다.

석대룡이 묘한 미소를 짓는 순간,

“도착했어요.”

벽해공주가 달리던 말의 고삐를 잡아당긴다.

무성과 석대룡의 시선도 절로 그곳으로 향한다.

저 멀리 장원이 보였다.

정주유가.

여태 있었던 모든 음모들의 원흉지가 그곳에 있었다.

*　　　*　　　*

정주유가.

하남의 성도, 정주에서 오랫동안 세를 차지해 왔던 이들은 유학을 공부하지만 신봉하는 분야는 따로 있었다.

"천지신명께 고합니다. 오래전 신명(神明)께서 저희들에게 내려 주셨던 축복의 땅을 이제 놓으려 합니다. 하지만 슬퍼하지 마옵소서. 저희는 언젠가 반드시 돌아올 것이니. 더 환한 축복과 큰 영광을 짊어지고서."

경건한 마음으로 절을 올린 거구의 남자가 고개를 치켜들었다.

후덕한 인상과 체구.

따스한 눈매는 겨울눈을 녹이는 봄바람처럼 훈훈하다.

정주유가의 가주, 유덕문(劉德門).

황도에서 병부상서를 지내고 지금은 휴식 차 고향으로 내려온 그는 집안에 모셔진 사당에 염불을 외웠다.

하지만 사당에 모셔진 위패와 영정은 흔히 사대부 집안에서 모시는 조상들의 것이 아니었다.

나무를 깎아 만든 위패에는 아무런 글자도 적혀 있지 않고, 영정에는 요상하게 생긴 요괴가 그려져 있었다.

소를 닮은 얼굴에, 양처럼 한 번 꼬인 뿔, 용처럼 길쭉한 몸, 호랑이의 팔, 뱀의 꼬리를 달고 있었다. 팔다리는 합쳐서 모두 여덟 개로, 가부좌를 틀고서 무언가를 가만히 중얼거리고 있는 모양새였다.

유덕문은 신실한 마음으로 축문을 끝내고 천천히 일어

나며 영정에다 읍을 올리고 조심스레 사당을 나섰다.

밖에는 유덕문의 가신들이 줄지어 서 있었다.

지난 세월 동안 그를 따라 움직였던 수족들이며 야별성이 분열하지 않고 무사하게 존재할 수 있도록 지탱해 준 두뇌들이다.

수십 년간 무신련을 괴롭혀 온 모사들인 것이다.

귀곡산장.

대외적으로는 정주의 오랜 명문, 정주유가로 활동해 왔지만 실상은 수장인 귀곡자를 중심으로 모인 두뇌 집단. 그들은 스스로를 그렇게 불렀다.

유덕문은 당대 귀곡자였다.

"문곡, 이만 떠나셔야 합니다."

"벌써 그럴 때가 되었나?"

"기왕부가 금군을 움직였다는 보고입니다."

"흠, 생각보다 빠르군."

"결국 선자께서 실패하신 듯합니다."

"어차피 전부 예상했던 바가 아니냐? 그리 놀랄 일은 아니지."

위기에도 불구하고 그는 태평했다.

"어찌……."

"어찌 수십 년간 쌓은 기업을 모두 날려 버릴 것을 알면서도 놔두었냐고?"

단순한 기업이 아니다.

정주유가가 정계에 쌓은 인맥이며 위치, 영향을 모두 잃어버리게 되었다. 특히 추후 초왕을 황제로 추대해 일을 꾀하겠다는 기존의 계획이 모두 틀어졌다.

"그리운 임을 잊지 못해 나서겠다는 제자의 가녀린 마음을 어찌 스승이 되어 말릴 수 있겠느냐?"

"……."

가신들은 하나같이 입을 꾹 다물었다.

그들은 안다.

유덕문의 지금 말이, 반은 진실이지만 반은 거짓이라는 것을.

아들이 죽고도 태연하던 이가 정에 사사로이 끌린다?

"하지만 덕분에 무신련의 허실을 파악할 수 있었으니."

"허실이라니요?"

"무신련의 약점."

"……!"

"드디어 고대하고 또 고대하던 무신련을 거꾸러뜨릴 수 있는 방도를 찾았단다. 이 정도를 내주고 그 정도를 얻었다면 남는 장사가 아니냐?"

유덕문은 기분 좋게 웃었다.

"허허허! 그러니 너무 서운해 말거라. 본래 재산이란 없다가도 있고, 있다가도 없는 것. 기업이야 다시 쌓으면 그만이다."

유덕문은 천천히 몸을 돌렸다.

"탐랑(貪狼)을 모셔라. 일을 시작해야겠구나."

휘적휘적 걸음을 옮기는 그의 뒤를 모사들이 총총걸음으로 뒤따랐다.

* * *

벽해공주가 손을 높이 들며 소리쳤다.

"전원 정주유가를 포위하라!"

일만에 달하는 금군이 바쁘게 움직이면서 장원을 둘러싼다.

갑작스러운 사태에 주변을 지나던 사람들은 하나같이 벌벌 떨었다. 기왕부의 행차인 데다가 금군의 위세가 하늘을 찌를 듯하니 잔뜩 겁을 먹은 것이다.

금군의 수장이 앞으로 나서며 호통쳤다.

"죄인, 유덕문은 들으라! 감히 본 왕부에 위해를 끼치려 하고 역모를 꾸미려던 죄가 발견되었는바! 어서 나와서 순순히 투항하라!"

하지만 이상하게도 장원은 조용했다.

이만한 병력들이 들이닥쳤다면 어떤 반응이라도 있어야 한다.

겁을 먹고 투항을 하거나, 저항을 하거나.

그런데도 아무런 반응도 없다는 것은 이상했다.

"유덕문! 본관의 지엄한 명령이 들리지 않는가!"

수장은 모욕을 당했다는 생각에 얼굴이 시뻘겋게 물들은 채로 버럭 소리를 질렀다.

그러나 여전히 장원은 조용하다.

결국 참지 못하고 명령을 내렸다.

"전원, 장원을 점거하라!"

일만 금군이 일시에 들이닥쳤다.

"아무래도 일이 생긴 듯합니다, 마마."

무성의 말에 벽해공주가 미미하게 미간을 찌푸렸다.

"대체 무슨 일인 거죠?"

"아무런 기운도 느껴지지 않습니다."

"네?"

"아무도 없습니다. 이미 자리를 피한 듯합니다."

"그럴 수가!"

벽해공주의 표정이 잔뜩 굳었다.

하지만 무성은 확신했다.

기감을 아무리 확장시켜 봐도 아무것도 느낄 수 없다. 사람이 있다면 기척이라도 있어야 하지만 아주 작은 기척도 없었다.

아니나 다를까.

금군의 수장이 다급히 달려와 보고했다.

"마마, 큰일이옵니다."

"왜 그러는가? 놈들이 없는가?"

"아니옵니다. 찾았사옵니다. 한데……."

"한데?"

수장이 답을 하길 꺼려하자, 크게 호통쳤다.

"어서 대답하지 못할까!"

"놈들이…… 모두 죽어 있사옵니다."

"뭣이?"

벽해공주는 무성과 함께 다급히 장원으로 들어섰다.

과연 병부상서의 가문답게 장원은 왕부에 못지않은 엄청난 규모를 자랑했다. 말을 몰고 중앙까지 밀고 들어가는 데도 한참이나 시간이 소요되었다.

그 가운데에서 발견한 것은 수많은 주검들이었다.

마치 보라는 듯이 널브러진 시신들.

하나같이 피살이라도 당했는지 목이며 심장처럼 주요

급소가 칼에 찔린 흔적이 나 있었다.

바닥은 수많은 시신들이 흘린 피로 빨갰다.

"어찌 이런 짓을……! 금군을 풀어 주변을 샅샅이 수색하라! 멀리 도망가지 못했을 것이다!"

"명!"

벽해공주는 손바닥으로 입을 가로막았다.

"으음!"

무성 역시 침음성을 금할 수가 없었다. 미미하게 인상을 찌푸린 시선은 주검을 떠나 벽과 땅에 나 있는 흔적들을 좇았다.

'고의로 딴 곳에서 죽이고 여기에다 뿌렸어.'

마치 역모에 가담한 죄수들이 모두 죽었다는 것을 시위라도 하듯이.

"누가 이런 참혹한 짓을?"

벽해공주가 신음을 흘리며 이동하길 한참.

어느덧 그들은 장원의 요처까지 당도했다.

넓은 정원에 널브러진 시신들은 다른 주검들에 비해 훨씬 상태가 흉측했다.

특히 가장 중앙.

떠억 하니 밖으로 나와 있는 으리으리한 크기의 태사의에 푸짐한 체구의 중년인이 앉아 있다.

목이 옆으로 꺾인 채로 눈을 감고 있는 이.

하지만 왼쪽 가슴에 꽂혀 태사의 밖으로 길게 나온 장검이 그가 죽었다는 것을 말해 주었다.

"저건…… 병부상서?"

벽해공주의 떨리는 목소리에 무성은 작게 중얼거렸다.

'역시.'

문에서부터 이곳에 들어오기까지 시신들을 마구 뿌려 놓더니 결국 이걸 노렸던가.

무성은 시신의 상태를 상세히 파악하기 위해 급히 말에서 내려 유덕문에게로 다가갔다.

'유상?'

무성은 누군가를 떠올리게 하는 얼굴에 크게 놀랐다.

금태연은 스스로 유상의 사매라고 했다. 그렇다는 건 같은 스승을 모시고서 동문수학한 사이라는 뜻.

"그렇군. 이자가 금태연의 스승이자, 유상의 아버지로구나."

유상은 영호휘에게, 금태연은 북궁검가에 잠입시켜 사대 가문을 좌지우지하려던 사내.

오랜 세월 동안 무신련을 괴롭혔던 모사다.

그런 이가 이런 죽음이라니.

믿을 수가 없다.

"꼬리 자르기?"

아주 낮게 가능성을 점친다.

그래도 혹시 모르기에 더 자세한 확인을 위해 유덕문에게 손을 대려는 바로 그때였다.

쐐애액!

무언가가 공간을 꿰뚫었다.

"마마!"

비수가 벽해공주의 미간으로 치닫고 있었다.

벽해공주가 뒤늦게 사실을 깨달았지만 너무 크게 놀라 몸이 빳빳하게 굳어 있었다.

다행히 비수가 틀어박히기 전에 무성이 다급히 이기어검을 날려 비수를 튕겨 낼 수 있었다.

휘리릭!

위로 튀어 오른 비수는 허공에서 몇 바퀴 회전을 하면서 날아왔던 방향으로 도로 돌아갔다. 이름 모를 손길이 공간을 찢고 나오면서 아주 부드럽게 비수를 낚아챘다.

무성의 시선도 저절로 그곳으로 향했다.

본전의 지붕 위.

팔짱을 끼고서 하늘 아래 고고히 서 있는 자가 있다.

까만 야행복과 복면을 썼다.

덕분에 정체를 짐작하기는 힘들다. 나이는 어떻게 되는

지, 성별은 어찌 되는지, 생김새는 어찌 되는지까지도.

아니, 정말 그 자리에 존재하는지조차 의심스럽다.

분명 우뚝 서 있는데도 불구하고 아무런 기운조차 발산하지 않는다. 마치 죽은 사람처럼. 바로 앞에 있는 유덕문과 별반 차이도 나지 않는다.

어둠, 그 자체다.

"당신, 누구지?"

무성이 두 눈을 가느다랗게 좁히며 상대를 보았다. 한편으로는 언제든지 몸을 날릴 수 있도록 공력을 충만히 끌어올렸다.

별안간 석대룡이 앞으로 나서며 노성을 터뜨렸다.

"네놈이 왜 여기에 있는 것이냐? 만야월이 야별성과 손을 잡았던가!"

'만야월? 그렇다면…… 살존!'

무성의 두 눈이 커진다.

당금 무신을 제외하고서 강호를 지배하는 세 명의 절대자 중 하나인 살존이라니!

살존은 고고한 눈빛으로 그들을 내려다보았다.

분명 한낱 살수 따위에 불과하다고 알려져 있건만.

그의 모습은 마치 천하를 굽어다 보는 제왕의 풍모가 물씬 풍겼다.

"의뢰를 받았을 뿐이다."

"의뢰라니! 그게 무슨 소리냐!"

살존은 마치 석대룡의 질문 따위는 대꾸할 가치도 없다는 듯이 무시했다.

대신에 무성을 보았다.

"문곡은 일을 마치고 나면 바로 떠나라고 하였지만 이 눈으로 확인하고 싶었다. 무신, 그 오만한 작자가 인정한 차기 적수가 누구인지를. 네가 바로 그자로구나."

무성은 아무런 대답도 하지 않았다.

대신에 천천히, 아주 천천히 염력을 모아 손에다 끌어모았다.

"한데, 이렇게 보니 제법 그럴싸하구나. 무곡도 인정하였다고 하였으니 그럴 만해."

무성은 조금씩 손바닥을 펼쳤다.

"그러나 그 뿐. 그 이상은 모르겠구나."

손가락이 하나둘씩 접혔다. 남은 것은 검지와 중지.

"나중에 때가 되면 다시 만나게 되겠지."

살존은 그 말과 함께 지붕을 가볍게 박차 허공으로 떠올랐다.

"어딜 가려 하느냐!"

석대룡의 노호와 함께 청천기군이 재빨리 움직이기 시

작했다. 창첨을 비스듬하게 겨누고서 있는 힘껏 창대를 높이 던진다.

도룡추신을 격파했던 바로 그 수법, 취우비폭산(驟雨飛爆散)이었다.

슈슈—슉!

어디 빠져나갈 구석 없이 빽빽한 창대의 밀림 속.

제아무리 살존이 날고 긴다고 하여도 허공에 만들어진 감옥을 절대 탈출할 수 없을 것으로만 보였다.

하지만 살존은 자신이 왜 음지의 최강자인지를 확실히 보여 주었다.

타다닥!

허공에서 마음껏 몸을 꺾는다.

마치 강물에 깊숙이 잠수하여 수영을 하는 것처럼 아주 부드럽고 호쾌하기까지 하다.

몸을 뒤틀 때마다 창대가 아슬아슬하게 스쳐 지났다. 목젖, 허리, 사타구니, 겨드랑이 사이사이로 창대가 통과하는 데도 불구하고 살존은 아무런 이상도 없었다.

도리어 창대를 디딤돌 삼아 발로 몇 번 차올리더니 허공으로 쭉쭉 떠올랐다.

그야말로 쾌속무변(快速無變)의 신법!

정말 사람의 행동이 맞는지 의심이 들 정도로 우아하고

자연스러우며 아름답다.

도효와 함께 살존의 이대 절기로 꼽힌다는 월광.

정확히 월광유망(月光遊望)이라는 이름을 가진 신법으로 허공을 노니는 살존의 모습은 마치 별세계에 사는 신선으로 보였다.

그때 무성이 나섰다.

살존이 취우비폭산을 통과하자마자, 곧장 검결지를 짚은 것이다.

허공을 꿰뚫으며 솟구치는 섬전!

"흡!"

살존도 이번에는 피할 수 없으리라 여겼는지 복면 너머로 두 눈이 부릅떠졌다.

몸을 옆으로 뒤틀더니 처음으로 검을 뽑았다.

도효십이살, 이 초식 삭풍탄벽이었다.

따다당!

이기어검술로 날아든 영검이 검막을 버텨 내지 못하고 위로 튕겨 난다. 하지만 영검은 곧장 방향을 꺾으며 위에서 아래로 내리꽂혔다.

살존은 허공에다 검을 몇 차례 휘저었다.

편월풍화, 초승달 모양의 칼바람이 잔뜩 뿌려지더니 영검과 수십 번이나 충돌한다.

삽시간에 허공에서 수십 합을 주고받는 사이, 무성은 땅을 박차 단숨에 살존에게로 쇄도했다. 왼손은 검결지를 짚으며 오른손은 영검을 쥐고서 사선을 그었다.

살존은 몸을 안쪽으로 틀면서 두 개의 영검을 동시에 쳐냈다.

쾅!

살존은 반탄력을 거스르지 않았다. 도리어 거기에 몸을 맡기면서 바깥으로 쭉 밀려났다.

"문곡이 오래전에 도효가 필요하다 하여 빌려 준 적이 있거늘. 그것이 흐르고 흘러 너에게 닿았나 보구나. 하지만 신청과 월광이 없는 도효는 겉치장일 뿐. 네 딴에 변화시켰다 하나, 그것은 가짜일 뿐이다."

복면 너머, 살존의 두 눈은 흉흉하게 빛나고 있었다.

"그러니 조금만 기다려라. 언제고 너와 나는 다시 만나게 될 운명이니."

살존은 그 말을 끝으로 어둠 속에 녹아들었다.

무성이 기감을 넓게 펼쳐 녀석을 찾고자 했으나, 도저히 어디에서도 종적을 찾을 수가 없었다.

"……제길."

탁!

무성은 땅에 착지하면서 인상을 구겼다.

금태연과 창마에 이어 귀곡자, 살존까지.

이제 조금 실타래를 풀 수 있다고 생각했던 것들이 자꾸만 얽히고설키더니 도리어 더 복잡해지고 있었다.

더군다나 주요 인물 중 정작 잡은 이는 아무도 없지 않은가.

게다가 이번 일로 확실히 깨달았다.

"아직 멀었어."

창마와 살존. 둘은 자리를 피하기는 했으나, 전력을 다해 싸워도 절대 이길 수 있을지가 의문이 들 정도로 강한 자들이었다.

신주삼십육성?

부질없다.

진정한 강자들 앞에서는 헛된 서열 놀이일 뿐이었다.

도리어 하늘이 되기 위한 관문이었다.

"더 강해져야 해."

무성은 다짐했다.

자신도, 동료들도, 귀병가도.

무신련과 야별성, 그 어느 곳이 달려들어도 절대 무너지지 않을 정도로, 아니, 절대 범접할 수 없을 정도로 강해지겠노라고.

第七章

기반을 세우다

정주유가에서의 소식을 들은 기왕은 다급히 왕부를 떠나 이곳으로 달려왔다.

오랜 세월 동안 정적으로서 그를 괴롭혀 왔던 유덕문의 죽음에 대한 그의 반응은 간단했다. 혓바닥을 차는 것밖에는 되지 않았다.

“금위영 대장.”

“예, 전하.”

“어떻게 생각하나? 이 시신.”

“가짜입니다.”

무성의 말에 기왕은 고개를 끄덕였다.

"그래. 다른 건 몰라도 이건 가짜다. 꼬리를 자르기 위해 만든 가짜. 듣자 하니 강호에는 온갖 해괴한 수법이 다 있다지?"

"축골공(縮骨功)이란 것이 있습니다. 임의로 골격과 근육을 뒤틀어 모습을 바꾸는 좌도방문의 술법입니다. 하지만 보통 죽고 나면 본래대로 돌아오는 반면에 이들은 계속 유지된다는 점이 다릅니다."

"그래. 그래서 더 골치가 아프다. 이래서야 조정에다 장계를 올려도 웃음거리로 전락하기밖에 더하겠나? 멍청하게 역당들이 죽어 나가도 지켜보기만 했던 놈이라고."

기왕은 이를 바득 갈았다.

"그러니 이 일은 금위영 대장, 자네가 직접 한 것이다. 정주유가의 반발이 거세 어쩔 수 없이 병력을 동원해 진압을 할 수밖에 없었던 게야. 알아듣겠나?"

"예."

무성으로서도 나쁜 일은 아니다.

단순히 황족시해범에서 벗어나 공을 세운 셈이 되니.

"하지만 과인을 농락한 자들을 이대로 묵고할 수는 없는 바."

기왕은 말에 잔뜩 힘을 주었다.

"이에 금위영 대장에게 내려진 직함을 거두고 어사대(御

史臺)의 특별어사에 임명하니 무슨 일이 있어도 끝까지 놈들을 쫓아 뿌리까지 발본색원해야 할 것이다."

"명을 받듭니다."

"그리고 이번 공로를 치하하는 뜻에서 이곳 장원을 내릴 것이니, 과인의 보이지 않는 손발이 되어 천하에 널리 이름을 떨쳐야 할 것이다."

정주유가의 장원을 무성에게 내린다.

무성은 거기에 숨은 뜻을 읽었다.

겉으로 봤을 때에는 그저 선의에서 넓은 장원을 내라는 뜻으로 보이나, 실상은 야별성과 절대 뗄 수 없는 관계를 만들려는 것이다.

저들이 바보가 아니고서야 본래 자신들이 있던 땅을 점거한 이를 가만히 내버려 둘 리가 없으니.

한편으로는 기왕, 자신에게 약조했던 '천하를 준다' 는 말을 지키라는 무언의 압박이기도 했다.

물론 무성으로서는 절대 마다할 이유가 없었다.

고아로 자라 부평초처럼 떠돌던 삶이다.

배경을 만들고 살 터전이 주어졌다.

이제 그 위에 번듯한 기업을 세워 올리기만 하면 된다.

앞으로 어떤 행사를 함에 있어서 기왕의 그림자가 꼬리처럼 따라붙을 테니, 일개 문파의 시작으로서는 최고라 할 수 있었다.

이것은 거래였다.

하늘이 되기 위한 두 사람만의 거래.

그렇기에 무성은 진심을 다해 부복했다.

"성은이 망극하옵니다."

조철산이 반갑게 무성을 맞았다.

"축하하네. 련이 품나 했더니 기왕부로 가 버렸구만."

"어쩌다 그리 되었습니다."

"아닐세. 그게 자네의 뜻에도 부합할 테니. 몇 마디를 나눠 보니 기왕, 저 사람도 꽤 인물이더구만. 눈빛이 살벌해. 세상을 집어삼킬 상일세. 조심하게. 자네가 잡아먹힐지도 몰라."

"걱정 마십시오. 도로 제가 삼킬 테니까요."

"그런가? 허허허허!"

무성의 입꼬리가 말려 올라간다.

조철산도 같이 웃었다. 뒤이어 석대룡, 고황, 천리비영이 모두 무성에게 한마디씩 던졌다.

이미 그들은 나이와 소속을 넘어선 전우(戰友)였다.

사선을 전전한 전우.

무성은 홍운재 장로들 뒤편으로 떠날 차비를 갖추는 청

천기군을 발견했다. 여분의 장창을 헤아리고 말안장을 정리하고 있었다.

"역시나 쫓을 셈이시군요."

살존을 말함이다.

조철산은 무겁게 고개를 끄덕였다.

"살존은 여태 심증은 있지만 확신은 없던 자일세. 하지만 이번 일로 확실히 깨달았어. 만야월은 야별성과 모종의 관계가 있네. 아직 멀리 가지 못했을 테니 바로 뒤쫓을 생각이야."

"이목을 따돌리기 위한 미끼일지도 모르잖습니까?"

"그렇다 해도 유일하게 찾은 단서일세. 미끼라 할지라도 거슬러 올라가다 보면 놈들이 나오겠지."

차갑게 웃는 모습이 어딘가 모르게 스산하다.

그러다 조심스럽게 입을 뗐다.

"그래서 자네에게도 한 가지 부탁할 것이 있네."

"초왕에 대한 것입니까?"

이번에 잡은 단서는 두 개다. 살존과 초왕부.

"그렇다네. 거기에 대해서는 자네에게도 맡겨도 되겠나? 아직 명목상으로나마 련과 초왕부의 관계는 끝난 것이 아니라서 말일세."

무신은 아직 겉으로나마 초왕과 친구다. 죽은 주익이 무신의 제자이기도 했다. 그렇다면 무신련에서 초왕부를 캐는 것은 힘들다.

반면에 기왕부의 벼슬을 갖고 있는 무성은 다르다.

"어차피 저는 초왕부와 은원이 남아 있습니다. 하물며 야별성과도 관련이 있으니 따로 부탁하지 않으셔도 놈들의 뒤를 캘 참이었습니다. 기왕의 지시와도 부합하고요."

"마침 뜻이 맞았군."

조철산이 빙그레 웃으며 손을 내민다. 무성은 그 손을 맞잡았다.

무신련은 만야월을, 귀병가는 초왕부를.

야별성이라는 대어를 낚기 위한 그물이 뿌려졌다.

"비록 몸은 떨어져 있으나, 우리는 언제나 자네를 동지라 여기고 있다네. 나중에 또 필요하다 싶으면 주저치 말고 연락 해 주시게."

"감사합니다."

"하면 다음에 봄세."

조철산은 가벼운 인사를 뒤로하고 몸을 돌렸다.

곧 청천기군이 장원을 떠났다.

살존이 사라진 방향으로.

무성은 그들의 모습이 보이지 않을 때까지 한참이나 전송하다 남소유와 간독이 있는 곳으로 돌아갔다.

때마침 해가 서산에 걸려 붉은 노을이 깔렸다.
다사다난했던 하루가 저물고 있었다.

*　　*　　*

한 가지 소문이 전역을 강타했다.
정주유가의 역모!
황실과 정계가 들썩였다.
군권을 틀어쥐고 있던 병부상서의 역모 소식은 하남을 벗어나 중원 전체를 떠들썩하게 만들기에 충분했다.
낙양, 정주, 개봉 등 유명한 도시의 세족과 토호들은 하나같이 몸을 낮추기에 급급했다.
그들의 눈에는 곧 불어닥칠 피바람으로 보였다.
병부상서는 오랜 가문의 역사만큼이나 조정에도 상당한 계파를 운영하고 있었다. 특히나 이들 계파는 최근 초왕을 차기 황제로 모시고자 하는 움직임을 보였다.
기왕이 이 일을 묵고할 리 만무한 일.
그 역시 조정에 상당한 계파를 묻어 놨으니 여세를 몰아 조정을 들썩이게 만들 것은 불에 보듯 뻔한 일이었다.
하지만 제대로 된 증좌가 완벽히 밝혀지지 않은 상황에서 병부상서가 자택에서 피살된 사건은 초왕 계파의 반발을 불러일으키기에 충분했다.

결국 황실에서는 기왕에게 황도로 입성해 설명을 하라는 칙서를 내렸고, 기왕은 최소한의 호위 병력을 대동한 채로 새벽녘에 길을 떠나야 했다.

아직 동이 트기 전.

벽해공주는 기왕을 전송하러 나왔다가 조심스레 그를 불렀다.

"아바마마."

"왜 그러느냐?"

"부탁이 있사옵니다."

"말해 보아라."

기왕은 상당히 피곤한 기색이 역력했다.

요 며칠 간 하남을 들썩이게 만든 사건들을 정리하느라 잠을 제대로 청하지 못한 탓이었다. 아마 황도로 가는 길에 잠을 청할 모양이었다.

그래서 벽해공주는 아버지에게 더 죄송했다.

지금부터 할 말은 아버지를 더 피곤하고 당혹스럽게 만들 일이었으니.

"소녀가 귀병가에 들 수 있도록 허락해 주시옵소서."

입술이 바싹 마른다. 혀가 타들어 간다. 등에는 식은땀이 잔뜩 맺혔다.

그녀는 그만큼 크게 긴장했다.

외동딸의 부탁이라면 하늘의 별도 따다 줄 만큼 아껴주는 아버지이지만, 반대로 화가 나면 태양을 떨어뜨릴 정도로 엄하신 분이다.

하지만 벽해공주는 황실의 여인이 아닌, 진정한 무림인으로 거듭나고 싶었다.

그녀는 아직도 기억한다.

소림이 불에 타던 날.

흐릿하게 꺼져 가는 시야에서 언뜻 보았던 넓은 등은 그녀의 가슴에 화마보다도 더 짙게 남았다.

그래서 좇고 싶었다.

무성의 등을. 그가 보였던 힘을. 그가 가진 뜻을.

좇고 계속 좇다 보면 여인의 힘으로도 무언가를 이루지 않겠냐는 생각이 아주 오랫동안 머릿속에 가득 남았다.

벽해공주는 침을 삼키며 타들어 가는 시선으로 기왕을 살짝 올려다보았다. 호통이 떨어지면 어떻게 설득을 해야 하나 머릿속이 복잡했다.

그런데,

"그러거라."

기왕은 너무나 간단하게 고개를 끄덕이셨다.

마치 그럴 줄 알았다는 듯이.

웃고 있었다.

“아, 아바마마?”

전혀 생각지 못한 대답에 벽해공주는 얼이 빠졌다.

“너는 나의 딸. 그러겠다고 결심했다면 내가 무슨 말을 한들 듣지 않을게 뻔하지 않느냐?”

벽해공주는 저도 모르게 얼굴을 붉혔다.

“단, 조건이 있다.”

“무, 무엇입니까?”

벽해공주는 기왕의 생각이 바뀌기 전에 다급하게 물었다.

“진무성, 그자를 너의 것으로 만들어라.”

“……!”

전혀 생각지도 못한 말에, 너무나도 노골적인 말에, 벽해공주는 소스라치게 놀라고 말았다.

더불어 한 가지 기억이 떠올랐다.

무성이 남소유를 구해 줄 때에 느꼈던 아릿함. 질투.

“진무성, 그자는 새다. 그것도 절대 품에 안을 수 없는 대붕(大鵬)! 봉황(鳳凰)과는 다르다. 봉황은 암수가 함께하면서 나타나는 곳에다 축복을 내린다지만, 진무성은 파란을 일으킨다. 그것이 좋은 의미든, 나쁜 의미든 간에. 절대 내가 완전히 안을 수가 없단 뜻이다.”

그러면서 기왕은 한마디를 덧붙였다.

“그러니 너는 그런 대붕을 매혹해라. 제아무리 하루에 구만 리를 날아도 언젠가 둥지로 돌아오게 되어 있는 법. 너는 그런 둥지가 되어라. 그러겠노라고 약조한다면 네 부탁을 들어 주마.”

대붕이라!

벽해공주의 머릿속으로 무성이 그려졌다.

세상을 웅비할 넓은 등이.

“어찌하겠느냐? 조건을 받겠느냐?”

벽해공주는 굳은 얼굴로 고개를 끄덕였다.

“예. 그러겠어요.”

이때만큼은 기왕부의 공주가 아닌, 여인 주설현(朱雪晛)이었다.

그렇게 기왕은 황도로 여정을 떠났다.

기왕과 초왕의 대립.

후사가 없는 황제의 후계를 둔 다툼이 될 수도 있기에 많은 이들이 촉각을 곤두세우며 관심을 기울였다.

사안에 따라서는 내전이 발발할지도 모르는 일이었다.

결국 이로 인해 사태의 시초가 되었던 소림사의 사건은

소리 소문 없이 묻히게 되었다. 초왕의 막내아들, 주익을 시해한 진무성이라는 자에 대한 일까지도.

그저 강호에는 '무신의 인정을 받은 한 청년이 명망을 떨쳤다' 는 근원 모를 해괴한 소문이 조용히 퍼졌다.

*　　*　　*

무성 일행은 기왕의 지시에 따라 옛 정주유가의 장원에 터를 잡았다.

멸문한 가문의 집을 그대로 쓰는 것이 영 찝찝할 만도 했지만 무성 등은 눈 하나 깜짝하지 않았다.

그들은 귀병. 죽음을 벗 삼은 그들이기에 아무렇지도 않았다.

장원 내에는 비선당의 정리가 한창 이뤄졌다.

근거지가 마련되었으니 각지에 퍼져 있던 비선당의 인력과 정보망을 한곳으로 모아야 한다. 그 과정에 벌어지는 혼란 등을 수습하느라 보름이 훌쩍 지났다.

그리고 스무 일이 되던 날, 장원에 드디어 새로운 현판이 걸렸다.

귀병가.

아직은 초라하지만 뜻 깊은 시발점이었다.

"귀병가라……."

무성은 가만히 대문 앞에 서서 현판을 보았다.

인근에서 제일가는 달필에게 부탁해 제작한 글씨.

귀신처럼 흐릿하지만 때론 강렬하게 내려친 굵직한 글씨체가 마음에 쏙 든다.

목루만 세워졌던 동정호 때와 달리 지금은 번듯한 기반을 마련했다.

간독은 재수가 없는 곳이라며 비아냥댔지만 무성에게는 크게 신경 쓰지 않았다.

이곳에서 꿈의 역사가 시작될 것이기에.

무성은 한참이나 더 현판을 보다 안으로 들어섰다.

"하나!"

"타핫!"

"둘!"

"으합!"

마당으로 쓰였던 장소에는 오백에 달하는 장병들이 줄지어 서서 기합성과 함께 병장기를 내질렀다.

하나같이 옷은 땀으로 흠뻑 젖었다.

기왕부에서 보낸 금군들이다. 특별히 고른 정예들.

무성은 기왕과의 약조에 따라 금군들에게 귀병의 육성법을 전수했다. 그가 익혔던 때와는 달리 안정된 혼명이 가미된 육성법이었다.

아직은 초기에 불과했지만 줄곧 잘 따라왔다.

이들 중 사백 명은 기왕부로, 일백 명은 귀병가에 남아 충실한 전력이 될 것이다. 그것이 기왕과의 거래 조건이었다. 앞으로도 이렇게 일 년을 기준으로 기수마다 계속 인원이 보충되는 형식이었다.

책임자는 남소유.

호법이라는 직책에 알맞게 타인을 가르치는 그녀의 태도에는 일말의 자비도 없었다. 천 년 동안 정리된 소림의 교육법은 아주 체계적이었다.

무성은 차츰 무사가 되어 가는 병사들을 돌아보다 한쪽 구석에서 홀로 빛을 내는 여인을 보았다.

마치 외딴섬에 있는 것처럼 땀을 잔뜩 흘리고도 청초한 외모를 자랑하는 이. 벽해공주 주설현이었다.

눈빛도 남들보다 진지했다.

처음엔 귀한 몸이 이곳에 남았다는 사실에 주변의 우려가 컸다.

하지만 그녀는 공주에 어울리지 않게 어린 시절부터 무공에 줄곧 관심이 많아 기본기가 다져 있고, 대환단까지

섭취하면서 내공까지 충실해 훈련 과정에서 뒤처지지 않고 곧잘 따라왔다. 무엇보다 본인의 의지가 가장 컸다.

주설현은 훈련을 하다 말고 무성을 발견했는지 눈인사를 보내왔다.

무성 역시 화답으로 눈인사를 하며 미소를 지었다.

이들이야말로 앞으로 귀병가의 기반이 될 자들.

무성은 그들을 한참이나 지켜보다 다시 움직였다.

마지막 지점은 장원의 심처, 집무실이었다.

"축하한다."

집무실에 들어서자마자 기다리고 있던 간독이 다짜고짜 이상한 말을 던졌다.

"뭐가?"

간독은 아주 잠시간 대답 없이 씩 웃어 보였다.

그 모습이 어딘지 모르게 불길해서 무성은 인상을 잔뜩 찌푸렸다.

"장난치지 말고. 대체 뭔데?"

"혈붕(血鵬)."

"뭐야, 그건?"

"네 별호. 새로 생겼더라."

"……!"

뜻밖의 소식에 무성의 눈이 살짝 커졌다.

간독은 뭐가 그리도 재미난지 계속 키득거렸다.

"정확히는 마라혈붕(魔羅血鵬)이란다. 완전히 사파 별호가 아니냐? 낄낄낄!"

"……."

무성의 인상이 잔뜩 일그러졌다.

"왜 그래? 원하던 대로 드디어 별호를 얻었잖아?"

확실히 비무행을 시도하면서 무명을 쌓으려던 의도가 있던 것은 사실이다.

하지만 그것은 어디까지나 무신처럼 뛰어난 명성을 원했던 것이지, 마치 피를 즐기고 싸움에 미쳐 있을 것 같은 마두나 얻을 악명이 아니었다.

무성은 키득거리는 간독의 면상에다 주먹을 날리고 싶은 것을 가까스로 참으며 재차 물었다.

"대체 왜 그런 별호가 생긴 건데?"

"왜긴 왜야? 소림을 쑥대밭으로 만들어 놨으니 그렇지. 억류되어 있던 생존자들이 풀려나면서 네 이야기를 죄다 퍼뜨렸어. 천 년 사찰을 단신으로 격파했으니 불가에 치욕을 보였도다, 그래서 마라(魔羅)."

보리수나무 아래에서 깨달음을 구하는 석가모니를 유혹했던 악마를 일컬어 마라라고 한다. 이를 빗댄 표현이다.

"혈붕은?"

"금의위들 사이에서 퍼졌다. 네가 창마와 격투를 벌인 것을 보고 그런 말을 했나 보더라. 한 손으로는 이기어검을 펼치고, 다른 손으로는 호쾌한 검술을 펼쳐 피를 뿌린다! 그 모습이 마치 창천을 나는 붕새 같아서 혈붕. 캬아! 죽이지 않냐?"

무성은 검지로 미간을 꾹 눌렀다.

"그래서 합쳐서 마라혈붕?"

"응."

"하아! 미치겠군."

"어디 그뿐인 줄 아냐? 삼십 년 만에 최초로 무신련을 뒤흔들어 놓았다는 소문까지 쫙 퍼졌다. 귀병가의 주인이라는 말만 해도 충분하지. 그리고."

"……또 있어?"

"당연한 소리를. '무신에게 인정받은 유일한 사내' 라는 호칭까지 거머쥐었더구나. 별호가 새를 뜻하는 조(鳥)나 뛰어난 후기지수를 가리키는 봉(鳳)이 아니라 붕(鵬)이 선택된 건 아마 그런 영향이 가장 크겠지? 낄낄낄!"

무성은 땅이 꺼져라 한숨을 내쉬었다.

문인산을 뜻하는 범. 영호휘를 뜻하는 용. 거기에 새로운 신수가 앉았다. 붕이다.

"덕분에 곳곳에서 깨나 콧방귀 좀 낀다는 양반들이 다들 집을 박차고 나와서는 네가 어디에 있는지 찾아다닌다더라. 뭐라더라? '강호의 악적을 처단하는 것만이 진정한 협행의 길!' 이라던가? 푸하하핫! 어때? 죽이지?"

"……."

황족을 시해했고, 무신련을 뒤흔들었으며, 단신으로 소림사를 격파한 사내.

이래서야 천하를 떨쳐 울릴 개세마두가 따로 없다.

한숨이 절로 깊어졌다.

"소림을 구했거나, 기왕부를 도운 일 같은 건?"

"그런 거야 어디 사람들 기억에 제대로 박히기나 하겠냐. 호사가들이 좋아하는 건 협이 아니야. 떠들썩한 사건이지. 백성들이야 황실 다툼에 별반 관심도 없고."

"끄응."

검지로 눌러도 미간에 패인 골은 더 깊어만 진다.

"더군다나 기왕부 측에서 의도적으로 선업에 대한 정보를 틀어막은 것도 있다."

무성은 그제야 이유를 짐작할 수 있었다.

절로 앓는 소리가 나왔다.

"내 이름을 대대적으로 팔았군."

"그래. 좋지 않은 점을 부각시켜서 네가 왕부의 사람이 아닌 일개 야인으로 보이게 하려는 속셈인 거지.”

범인인 유덕문이 죽었다. 실제 유덕문이 아닐 가능성이 크지만, 그것을 증명할 방법이 없다.

결국 기왕은 야별성의 일과 초왕부의 일에 대해 촉각을 곤두세우고서 아주 조심스럽게 움직일 수밖에 없다.

그러면서도 무성의 행사에 힘을 실어 주려 한다.

그래서 선택한 것이 별호, 마라혈붕.

“소림과 기왕부의 일이 소문나게 되면 내가 기왕의 칼이라는 점이 세간에 알려지게 될 테지. 그래서는 야별성을 좇으려는 내 행동반경이 좁아질 수밖에 없으니 의도적으로 정보를 통제했나?”

이유는 알겠다.

하지만 골치가 아픈 건 어쩔 수 없었다.

“그래도 마라혈붕이 뭐냐고, 마라혈붕이…….”

확실히 빠른 시일 내에 이름을 널리 알릴 수 있는 방법이 바로 악명이긴 하다.

그래도 이래서야 처음에 의도했던 것이 어려워졌다.

본디 한번 세간에 박힌 인식은 쉽게 바꾸기 힘든 법.

앞으로 무성이 가는 곳에 웬만한 인물들은 그의 별호를 듣고 경기를 일으키거나 경계부터 하려 들 것이다.

“무슨 일이기에 그렇게 머리를 싸매고 계세요?”

때마침 남소유가 서류를 잔뜩 들고 실내로 들어섰다.

"어서 오라고. 선검옥녀(仙劍玉女)."

"선검옥녀?"

남소유에게도 별호가 붙었나 보다.

말뜻을 이해 못한 남소유만이 고개를 갸웃거렸다.

무성은 쓰게 웃으며 물었다.

"아니에요. 아무것도. 들고 오신 건 뭡니까?"

"비선당의 각 지역에서 보낸 보고서예요."

"이리 주십시오."

무성은 손을 뻗어 염력으로 서류를 책상으로 옮겼다.

"저건 암만 봐도 신기하단 말이지. 허공섭물이라."

"원리가 조금 달라."

"어찌 되었건 간에 딴 사람들이 보기엔 똑같지. 염력이라고 했나? 그거 익혀 놓으면 참 편할 텐데 말이지. 비수를 다루는데도 좋을 것 같고."

무성은 간독의 눈빛 아래에 흐르는 탐욕을 읽고 쓰게 웃었다.

아직 그들 세 사람 중에서 유일하게 간독만이 탈각을 이루지 못했다. 그러니 염력에 대해 각별한 관심을 기울일 수밖에 없었다.

간독이 물었다.

"그거 야별성에 대한 조사 건이지?"

"어. 지난 삼십 년 동안 정주유가의 활동과 역사에 대한 조사와 속한 계파의 특성, 연결된 인맥들의 정보까지 부탁했어. 그리고 초왕부의 움직임까지도. 이들을 토대로 뒤지다 보면 뭔가가 나올까 싶어서. 하지만……."

무성은 슬쩍 뒤로 눈길을 던졌다.

바닥부터 천장까지 탑을 쌓은 서류가 무려 네다섯 개는 되었다.

간독이 혀를 찼다.

"많군."

"문제는 이게 아직 일부에 불과하다는 거야."

"그 무신이 수십 년 넘게 승부를 내지 못한 놈들이라면서? 단순히 종이 쪼가리를 들여다봐서 찾을 수 있을 것 같으면 벌써 찾았겠지."

"그래서 말인데."

무성이 말꼬리를 살짝 흘리며 간독의 눈치를 본다.

간독은 이상한 불안감에 든 얼굴로 한 발 슬쩍 물러섰다.

"뭐? 또 뭐?"

"이것들, 분석 좀 부탁해."

"야이, 미친놈아! 내가 하는 일이 얼마나 많은지 알고나

있냐! 장원 정리만 해도 바빠 뒈지겠다고!"

간독의 직책은 총관. 덕분에 그는 장원을 정리하느라 몸이 남아나질 않았다.

그런데 더 큰일을 덜컥 맡기니 혈압이 오를 수밖에!

"미안. 그래도 부탁해."

"그럼 넌? 넌 뭘 할 건데?"

"발로 뛰어야지."

"어떻게?"

무성은 한쪽에 정리했던 서류를 한 장 뽑아 그들 앞으로 내밀었다.

"뭐냐, 이건?"

"읽어 봐."

간독은 눈살을 찌푸렸다가 천천히 종이를 읽었다.

초왕부에서 호남의 여러 문파들과 접촉, 은거한 고수들을 포섭하기 시작하였다. 그 과정에서 소천혈검과 화우만천으로 보이는 이들을 발견하였으며……

소천혈검은 천라검법을, 화우만천은 무흔무비의 주인이다. 그들의 절기는 귀병 육성 때 흘러와 각각 남소유와 간독에게로 이어졌다.

그들이 야별성과 모종의 관계가 있을 거란 예측은 쉽게 할 수 있다.

“냄새가 풀풀 나다 못해 쉰내가 나는구만.”

“그것만 있는 게 아니야.”

무성은 씩 웃더니 새로운 종이를 꺼냈다.

……현재 대공자 문인산은 살존의 뒤를 추격. 대호궁 및 홍염기군(紅焰旗軍), 백호기군(白豪旗軍)이 만월야와 전쟁을 치르는 중이며…….

……이공자 영호휘는 독존을 노리는 중. 황토기군(黃土旗軍)과 자로기군(紫露旗軍)이 성도 당가타 일대를 포위. 하지만 사천멸지로 인해 접근이 쉽지 않은…….

……화산은 현재 무당파의 잔존 세력과 함께 턱밑까지 추격해 온 검존부의 세력과 대치 중. 검존부의 잔존 세력은 고립된 상황임에도 불구하고 선전을 보이며, 이로 인해 화산파와 무당파 간에는 내부 갈등이 극심…….

"이건 요즘 소란이 한창인 무신련 전쟁에 대한 거잖아? 이걸 왜 읽으란 건데?"

간독이 비딱하게 고개를 꺾는다.

대호궁은 만야월, 거룡궁은 만독부. 모든 것을 잃어버린 두 제자에게 무신이 직접 내린 명령은 많은 이들의 이목을 끌기에 충분했다.

진정한 천하제패를 중요한 일보(一步)이며 공적의 여부에 따라 후계자가 판가름 날 수도 있었으니!

호사가들은 이를 무신의 시험이라 평가했다.

"끊지 말고. 계속 읽어 보라니까."

간독은 영 미심쩍은 눈빛으로 무성을 보다가 다시 서찰을 읽었다.

곧 그의 두 눈이 휘둥그레졌다.

……혈랑단이 빠져 무주공산이었던 북막의 상황이 심상치 않음. 은거 중이던 기련노괴(祁連老怪)가 나타났으며 대설도군(大雪刀君)과 흉망(兇魍)이…….

……운남의 점창파(點蒼派)에 남해의 고수인 해

남검제(海南劍帝)가 휘하의 해남검문(海南劍門) 문도 삼백 명과 함께 나타나 과거 선대에 있었던 '창산(彰山)의 주(主)' 에 대해 거론을 하며…….

……천축의 팔부중(八部衆)이 동쪽으로 이동을 시작하며 서장의 포달랍궁(布達拉宮)과 충돌, 이때 혼란을 틈타 감숙의 소뇌음사(小雷音寺)와 청해의 구천마종(九天魔宗)이 득세…….

……감숙, 청해, 서장, 운남, 호남 지방이 잇달아 이상 징후를 보이자 위기의식을 느낀 청성(青城)과 아미(峨嵋)가 긴 잠을 깨고…….

무성이 설명을 덧붙였다.

"모두 요 몇 달 동안 벌어진 강호의 분란들이야. 그 외에도 굵직한 게 두어 개, 자잘한 것까지 합치면 헤아릴 수도 없을 정도로 많아."

"죄다 대가리에 화살이라도 얻어맞았나? 꼬리에 불붙은 망아지처럼 갑자기 왜 날뛰어 대? 여태 찌그러져 있기 바쁘던 구대문파며 무신한테 개 처 맞듯이 맞아서 조용하던 사파들까지 죄다 기어 나왔네?"

현재 거론된 구대문파만 해도 무당, 화산, 점창, 청성, 아미. 총 다섯 개다.

그 외에도 기련노괴나 대설도군은 무신이 무신련을 세우면서 천하를 종횡할 때 패배를 하여 자취를 감췄던 인물들이며 해남검문, 소뇌음사, 구천마종 등은 무신련의 설립 과정에서 충돌하다 패배한 곳들이다.

"전부 무신의 독천 맹세 이후로 벌어진 사건들이야."

"호오?"

간독이 흥미롭다는 눈빛으로 턱을 쓰다듬었다.

"무신은 의도적으로 난세를 부르고 있어. 그 영향은 중원뿐만 아니라 새외에까지 퍼지고 있고. 이 역시 야별성을 솎아 내기 위한 작업이겠지."

"그래서? 하고 싶은 말은?"

"이 중 일부는 야별성과 관련되어 있거나, 손을 뻗치는 중이 아닐까? 저들의 목적은 무신련의 붕괴니까."

"그렇군!"

무성의 말뜻을 알아챈 간독이 눈에 불을 켰다.

"그래서 뛰어 다니시겠다? 초왕부를 시작으로?"

"그래."

"강호를 통째로 쏘아 다녀야겠군."

"단서를 찾아서 좇다 보면 생각보다 그리 오래 걸리지

는 않을 거야. 그리고 비선당과 수시로 연락을 주고받을 테니 자잘한 곳은 쳐 낼 수 있을 테고."

"이 많은 분란들을 전전하고 나면 제법 파다하게 소문이 퍼지겠는데? 야별성도 좇고, 비무행도 하고. 겸사인가?"

"하나가 더 붙을 거야."

"뭔데?"

"세력. 덩치를 불려야지. 놈들이 세상에 나왔을 때 전면으로 상대하려면 아직 이 정도로는 부족해."

살존과 부딪쳤을 때 절실히 느꼈다.

아직은 많이 부족하다는 것을.

죽은 검존이 돌아오면 충분히 상대할 수 있지 않을까 생각을 해 보았지만, 아직 터무니없이 부족하다.

자신이 부리는 이기어검은 두 자루가 전부 다. 검존이 네 자루를 다루던 것을 생각해 보면 아직 절반에도 못 미친다. 그마저도 검존은 수족처럼 자유롭게 다뤘지만 무성은 비검술의 연장선에 불과하다.

문제는 삼존이 다다른 영역을 넘은 사람이 생각보다 많을지도 모른다는 점이었다.

창마가 그러했고 살존 또한 그러했다.

잊힌 고수들, 야별성이 보유한 이들, 새외까지 합친다면 대체 이 강호에는 얼마나 많은 기라성 같은 고수들이 즐비하단 말인가.

어쩌면 어딘가에 무신과 같은 곳을 보는 이가 없으리란 법도 없었다.

더 많은 경험을 하고, 더 많은 사람들을 만나며, 더 많이 강해져야만 했다.

그래서 강호행을 더 서두를 생각이었다.

“언제 떠날 생각인데?”

“얼추 장원의 일도 정리가 끝났으니 서둘러야지. 오늘이나 내일쯤 소림의 객들을 숭산까지 모셔다 드리고 바로 여정에 오를 거야.”

“험난하겠구만.”

가만히 이야기를 듣던 남소유의 표정이 어두워졌다.

생존자들은 대부분 억류에서 풀려나 집으로 돌아갔지만, 소림의 승려들은 기왕부에서 나와 장원에서 객으로 머물고 있었다.

현재 숭산에는 보수가 한창이었다.

역모 사건으로 흉흉한 민심을 달래기 위한 일환으로 기왕이 공사를 시작한 것이다. 당연히 자금줄의 원천은 눈치 보기 바쁜 세족과 토호들의 자발적인 헌납이었다.

그래서 머물 곳이 필요한 그들에게 무성이 따로 방을 내

주었다. 어차피 장원은 크지만 아직 인원수가 적어 놀고 있는 방이 많았다.

"아, 그러고 보니 땡중들 말인데."

간독이 뭔가를 떠올린 듯 뭐라고 말을 하려던 때였다.

갑자기 밖에서 굵직한 목소리가 들렸다.

"진 시주, 소승 법승입니다."

무성은 간독과 남소유를 보았다. 무슨 일인지 아느냐는 눈치였다. 간독은 영 모르겠다는 표정으로 고개를 저었고, 남소유는 뭔가 말하려다가 입을 꾹 다물었다.

무성은 무언가 있겠다 싶은 마음에 입을 열었다.

"안으로 드시지요, 스님."

곧 법승이 안으로 들어왔다.

세 사람은 나란히 마주서서 반장을 했다.

"나무아미타불. 이런 시각에 불쑥 나타나 죄송합니다."

"아닙니다. 한데, 무슨 일이신지요?"

법승은 침중한 눈빛으로 입을 열었다.

"혹 폐가 되지 않으신다면 사백님을 한번 뵈실 수 있으시겠습니까?"

"방장님을요?"

"예. 다행히도 방금 전에 깨어나셨습니다."

"천만다행입니다! 한데, 어찌 제가?"

무성은 얼핏 남소유를 보았다. 역시나 남소유의 눈동자에는 슬픈 기색이 어려 있었다.

“사백께서 진 시주를 애타게 찾으십니다.”

第八章

새로운 식솔들

스무 일.

홍선 대사가 다시 의식을 차리는 데까지 걸린 시간이었다. 그는 기침하자마자 법승을 비롯한 승려들이 있는 곳에서 이렇게 말했다.

"내 삶이 이제 이틀밖에 남지 않았구나."

승려들은 경악했다.

"어찌 그런 말씀을!"

"방장께서는 아직 정정하십니다! 왜 그런 불경한 말씀을 하십니까!"

"아닐세. 부처께서 허락하신 시간은 내가 잘 안다네."

홍선 대사는 법승을 보며 그윽한 눈빛으로 말을 이었다.

"그러니 불러 주시게. 우리들의 은인을."

법승은 마음이 찢어질 것 같았다.

얼마 전, 홍개도 비슷하게 말하지 않았던가.

"왜 이런 짓을 저질렀느냐고? 당연하지 않느냐. 지금의 소림이 썩었기 때문이다. 수도는 제대로 닦지도 않으면서 주변의 눈치를 보기에 바쁘고, 그러면서 자존심은 세서 고집이나 부리는, 뒷간에서 쓸쓸하게 다 죽어 가는 옹졸한 노인네 같지 않더냐? 그런 노인은 곧 머지않아 눈을 감고 말지. 그래서 바꾸고 싶었다. 소림을."

홍개는 그 말을 하고 사흘 후에 목이 잘렸다.

죄목은 역모.

붙잡힌 음양이악, 천사쌍겸과 나란이 머리통이 효수되고 몸뚱이는 까마귀의 밥이 되고 말았다.

그때 얼마나 오열을 터뜨렸던가.

홍선, 홍학, 홍개. 그들은 각자 꿈꾸던 바가 있었다. 모두 길이 달라 엇갈렸고 파국에 치달았다. 모두가 소림을 위한 행동이었는데도 불구하고.

그런데 세 사람 중 또 마지막 사람이 죽어 간단다.

그러나 슬프다고 해서 소원을 들어드리지 않을 수도 없는 일.

결국 법승은 무거운 발걸음을 이끌고 무성을 찾았다.

남소유는 이미 소식을 들었는지 차마 눈을 마주치지 못하고 눈물을 흘리고 있었다.

"알겠습니다."

무성은 무언가를 느꼈는지 다행히 승낙을 해 주었다.

*　*　*

무성은 곧장 집무실을 나와 객방으로 향했다.

안에 들어서는 순간, 무거운 공기가 어깨를 눌렀다.

승려들이 하나같이 가부좌를 틀고서 염불을 외고 있었다. 무성이 와도 전혀 발견하지 못한 눈치였다.

"공사가 다망하실 터인데 이리 집주인을 오라 가라 해서 미안하구만."

병석에 앉아 있는 홍선 대사는 환자 같지 않아 보였다.

입가에 지은 미소가 진하다.

미간에 어렴풋하게 맺힌 영통안은 마치 세상을 관조하듯이 묵묵히 무성을 지켜보고 있었다.

"아닙니다. 쾌차하셔서 다행입니다."

"쾌차라."

무성은 말을 되뇌는 홍선 대사의 목소리에서 가벼운 웃음을 읽었다.

"왜 그러십니까?"

"아닐세. 미안한 일이지만, 진 시주 말고 나머지는 자리를 비켜주지 않겠나? 법유와 법승, 너희들은 아무도 들어오지 못하게 문을 지켜다오. 부탁하마."

남소유와 법승이 서로 눈을 마주치더니 묵묵히 고개를 끄덕이더니 자리를 떠났다. 방을 지키던 승려들은 슬픈 기색을 띠더니 뒤를 따랐다.

'대체 무슨 일이기에?'

무성은 도무지 상황을 이해할 수가 없었다.

남소유는 무언가를 아는 눈치인데 도무지 말해 주질 않는다.

그저 눈빛으로만 말한다.

아주 익숙한 눈빛이라 더 마음에 걸린다.

'마치 내가 생명이 얼마 남지 않았을 때를 보았던 것처럼…… 잠깐, 설마?'

무성은 문득 떠오르는 생각에 다급히 묵혈관법을 끌어올렸다.

염력이 눈가에 맺힌다.

홍선 대사의 주변을 타고 흐르는 결이 보였다.

곧 무성의 눈가에 경악이 어렸다.

'이럴 수가!'

결이 옅었다.

불과 스무 일 전에 숭산에서 마주했을 때는 어느 누구보다 결이 뚜렷하고 거미줄처럼 복잡하게 얽혀 있던 사람이 지금은 금방이라도 사라질 것처럼 흐리다.

"이런 읽었나 보구만. 아무도 눈치를 못 챘었는데, 예의 시주 안에 깃들어 있는 고 요상한 것인가?"

무성은 침을 삼켰다.

"대사, 지금……!"

"맞네. 얼마 남지 않았다네. 길어야 이틀이겠지."

"……!"

마치 제 일이 아닌 것처럼 담담하게 말한다.

"왜 그러나? 어차피 한번 살짝 왔다 가는 미풍과도 같은 것이 생이거늘. 뭘 그리도 슬픈 표정을 짓는가?"

무성은 아랫입술을 깨물며 물었다.

"숭산에서 화마가 산문 밖으로 번지지 않은 것, 대사님의 법력이셨군요."

"법력은 무슨. 그냥 하찮은 잔재주에 불과하지."

불가에서는 생명의 소중함을 말한다.

소림을 휘감은 연화옥진의 불길은 이상하게도 산문을 벗어나지 않았다. 아마도 산불이 크게 일어나면 많은 동식물과 사람들이 다칠 것을 우려했으리라.

하지만 그로 인해 소림은 더 피해가 커지고 말았다. 또한, 홍선 대사는 눈을 감아 가고 있었다.

"내가 자네를 보자고 한 것은 그런 어두운 이야기나 나누자고 한 것이 아니야. 줄 것이 있어서 그렇다네."

"주실 것이라니요?"

"혹 내가 주었던 대환단, 먹었나?"

무성은 홍선 대사의 생각을 알 수 없었지만 고개를 가로저었다.

"필요한 사람이 있어 그분에게 주었습니다."

"허허허! 역시 내가 사람 하나는 잘 본 모양이군. 대환단은 단순히 영단을 넘어선 기물(奇物). 그런 것을 앞에 두고도 망설이지 않고 스스럼없이 내주다니."

무성은 더더욱 홍선 대사의 뜻을 짐작할 수 없었다.

말이 계속 이어진다.

"하지만 그렇기에 자네의 몸은 이물이 섞이지 않은 오로지 순수한 기운의 결정체이니 이것을 부담 없이 받아들일 수 있을 게야."

별안간 홍선 대사의 미간 사이로 까만 줄이 그어지더니 좌우로 벌어졌다.

천천히 드러나는 제 삼의 눈, 영통안.

두—웅!

무성의 머릿속으로 범종의 타종 소리가 크게 울렸다.

처음 홍선 대사와 마주했을 때 느꼈던 이상한 느낌.

마치 몸이 산산이 흩어지는 것 같다.

봄철 불어오는 따스한 바람에 겨울눈이 녹아내리듯, 무언가가 눈동자를 타고 흘러 들어와 무성에게서 몸의 제어권을 강탈했다.

"대……사……이……게……무……슨……?"

무성은 어떻게든 영통안을 거스르려 노력했다.

염력을 끌어올려 몸의 신경계를 자꾸만 자극한다. 마비된 손발이 조금씩 돌아온다. 감각이 깨어난다.

하지만,

『시주를 해할 생각은 없다네. 도리어 선물을 줄 생각이야. 하지만 준다고 하면 시주가 어디 그냥 받을 사람인가? 대환단도 그냥 무시해 버리는 사람이.』

혜광심어가 머릿속 가득하게 퍼진다.

몸에서 다시 감각이 사라져 간다.

『해서 부득이하게 이리 강제로 손을 쓰게 되었다네. 잠시면 되네. 잠시만 몸을 맡기고 쉬시게. 눈을 뜨면 다 끝나 있을 테니.』

'대사!'

무성은 본능적으로 느꼈다.

홍선 대사는 마지막 생명을 불사르려 하고 있었다.

자신이 모든 복수를 끝내고 영호휘에게로 몸을 날렸던 것처럼. 아니, 그때의 무성과는 달리 홍선 대사는 무언가를 남기려 하고 있었다.

탁!

손바닥이 무성의 뒷덜미에 닿는다.

장심과 경추가 포개지면서 맑고, 굵고, 개운한 무언가가 폭포수처럼 콸콸 쏟아졌다.

처음에는 격체전력이라도 하려는 건가 싶었다.

하지만 이건 내공이 아니었다.

보다 근원적인 것.

그렇다고 해서 생명력인 선천지기도 아니다.

기(氣)가 아닌 정(精). 덩어리였다.

쿠쿠쿠!

무성은 순간 머리가 띵 하고 울렸다.

정신이 아늑해진다. 엷어진다.

아니, 이건 엷어지는 게 아니다.

그릇이 강제로 넓어지면서 속에 담겼던 내용물이 옆으로 퍼져 엷어지는 것처럼 보일 뿐이다.

덩어리는 머리맡을 자꾸만 맴돌더니 갑자기 척추를 타고 쭉 미끄러져서 중단전에 닿았다. 염력이 화들짝 놀라 물리치려 했지만, 도리어 더 잘 섞였다.

삽시간에 영목이 성장했다.

실개천처럼 아주 얇기만 하던 영목의 굵기가 강줄기처럼 굵어졌다. 굵어진 영목은 사지 백해로 뻗쳐 크기를 더해 가다 하단전과 상단전에 닿았다.

하단전은 끝을 모르고 무럭무럭 커졌다.

반면에 상단전은 무언가에 가로막혔다.

상목은 상단전에 아주 조그맣게 난 구멍으로 만족하지 못했는지 자꾸만 크기를 더하려 했다. 결국 비좁은 구멍과 영목은 서로를 부러뜨리기 위해 힘 싸움을 벌였다.

말로 형용할 수 없는 고통이 전신을 찌르르 울린다.

갖가지 고통에 익숙해졌다지만 이런 건 처음이다.

입을 벌리고서 비명을 토하고 싶지만 도무지 그럴 수가 없다.

'대체……!'

홍선 대사가 뭘 하려는 건지 도무지 짐작할 수가 없다.

바로 그때,

콰—앙!

무성의 머릿속에서 무언가가 폭죽처럼 터져 나갔다.

'백회혈!'

여태까지 겪었던 고통은 모두 거짓말처럼 싹 사라지고, 대신에 진한 희열이 남았다.

전신을 관통하는 상쾌함!

무성이 몸을 파르르 떠는 동안, 영목은 무럭무럭 커지며 상단전을 가득 메웠다.

상단전에 염력이 어렴풋이 맺힌다.

염력은 상단전을 한 바퀴 돌다가 천천히 밖으로 새어 나와 어디론가 움직였다.

눈과 눈, 눈썹과 눈썹 사이.

미간에 맺힌 염력은 마치 눈처럼 좌우로 활짝 열렸다.

동시에 막대한 정보가 머릿속으로 쏟아졌다.

눈을 감고 있는데도 불구하고 뜨고 있는 것처럼 바깥에 있는 것들이 샅샅이 보인다.

아니, 그 이상이 보인다.

절대 시야가 닿지 않는 사각지대는 물론, 묵혈관법을 따로 열지 않아도 결이 보인다. 아주 어렴풋하게나마 그 너머에 있는 근원이 보인다.

아마도 저것이 세상의 근본, 삼라만상의 흐름일 터.

여태 예민한 감각으로도 충분히 느낄 수 있었던 것들이지만, 이제는 추정이 아닌 새로운 시각으로 볼 수 있었다.

묵혈관법이 영목과 결합되어 심안(心眼)이 되었다. 심안은 삼단전을 관통하는 굵직한 줄기에 닿아 영혼에까지 닿으려 한다.

이제야 홍선 대사가 뭘 주려고 했던 건지 알 것 같다.

'영통안…… 이걸 내게 남겨 주시려 했던 거야.'

홍선 대사는 항상 무성의 몸속에 무언가가 잠들어 있다고 했다.

그것을 깨워 주고 싶었던 것이리라.

그 결과, 초능의 개화(開花)가 이뤄졌다.

『자네에게 깃들어 있던 용을, 아니, 용의 씨앗을 발아시켜 보았다네. 여태 뿌리만 내렸지, 제대로 자라지는 못해서 말일세. 앞으로 한번 키워 보시게. 자네 뜻대로.』

혜광심어가 다시금 울린다.

아주 잔잔하게.

『대사……!』

무성은 육성을 내지 못했다.

영통안이 열리긴 했지만 아직 완성된 것은 아니다.

붙잡고 있지 않으면 바람처럼 사라져 버릴 것이기에 한참을 매달려 있어야 했다. 그래서 의지를 전달하고자 했는데, 다행히 영통안은 그의 의사를 전해 줬다.

하지만 너무나 하고 싶은 말이 많았다. 아직 혜광심어가 익숙지 않고 영통안도 제대로 잡히질 않아 막연히 홍선 대사만을 불렀다.

홍선 대사는 흐뭇하게 웃었다.

『공수래공수거(空手來空手去)라, 어차피 떠나게 될 몸이 아닌가? 그렇다면 고통과 번민이 가득한 이곳 차안(此岸)에 있을 후인들을 위해 필요한 것들을 남기는 건 아주 당연한 일.』

『하지만……!』

『자네는 말일세. 앞으로 큰일을 해낼 사람이라네. 하지만 하늘은 언제나 공평하여 그런 자네에게 앞으로 더 험난한 갖은 시련과 역경을 내릴 터. 조금이나마 도움이 되라고 남기는 것이니 부담 가지지 마시게.』

『대사!』

뭔가 말을 하고 싶다.

가슴이 가슴 꾹 눌리고 답답하다.

터뜨리고 싶은데 그럴 수가 없다. 마치 범람하고 싶은데 제방 때문에 넘치지 못하는 강물처럼 가슴속에서 응어리진 말들이 소용돌이를 친다.

『크나큰 먹구름이 몰려올 게야. 본사가 겪었던 것은 그 시작에 불과한 바. 그러니 부탁함세. 법유를. 그리고 소림을.』

영통안 너머로 보이는 홍선 대사는 웃고 있었다.

『나무아미타불 관세음보살…….』

염불을 외는 소리가 귓가를 간질이다가 서서히 희미해져갔다.

무성이 다시 눈을 떴을 때, 홍선 대사는 고요히 눈을 감고 가부좌를 튼 채로 열반에 들어 있었다.

입가에 맺힌 희미한 미소.

그것은 더 이상 소림의 미래는 걱정이 없다는 안도감에서 나온 미소였다.

비록 홍선 대사에 대해서는 잘 모르지만, 그에 대한 감사한 마음과 존경하는 마음을 감출 수 없기에 무성은 가만히 반장을 했다.

"그곳에서 편히 지켜보시길."

* * *

홍선 대사의 다비식(茶毘式)은 귀병가의 장원이 아닌, 숭산의 소림에서 거행되었다.

인원은 귀병가의 식솔들과 승려들, 그리고 기왕부의 가신 몇몇이 참여하는 형태로 아주 조촐하게 이뤄져 강호에는 알려진 바가 적었다.

화장을 하고 나온 사리의 숫자는 모두 다섯 개.

이중 네 개는 납골당에 안치되었고, 남은 한 개는 홍선대사의 유언에 따라 남소유에게 남겨졌다. 의발(衣鉢)은 법승이 물려받았다.

하늘이 맑은 어느 날의 일이었다.

그리고 그 시각, 무성은 동정호로 향하고 있었다.

* * *

법승은 자신 앞에 놓인 가사(袈裟)와 발우(鉢盂)를 보았다. 한 손에는 염주를 쥐고서 계속 굴리며 무언가를 자꾸만 외운다.

누렇게 해져서 다 삭아가는 법복, 가사. 스님들이 밥을 조금씩 덜어먹는 밥그릇, 발우.

흔히 이 두 가지를 합쳐 의발이라 한다.

이것을 전해 준다는 것은 법의(法義)를 물려받은 후계자라는 뜻이다.

홍선 대사는 제자를 두지 않았던 바.

당연히 그의 의발은 법자배 대제자인 법승에게로 전해지게 되었다.

홍학, 홍개, 그리고 홍선.

이들 모두의 뜻이 그에게로 닿은 것이다.

"도무지 어찌해야 좋을지 모르겠습니다, 사백."

소림을 재기시켜야 한다는 중압감이 어깨에 걸려 있다.

하지만 도무지 길이 보이지 않으니 갑갑하기만 하다.

홍선 대사의 입적을 함께한 무성과 의논을 나누고 싶어도 그는 다비식에도 참여하지 않고 훌쩍 길을 떠나 버렸다.

한 가지 말만을 남기고서.

"대사께서는 지켜본다고 하셨소."

무슨 뜻인지 묻기도 전에 무성은 자취를 감춰 버렸으니 갑갑한 마음은 더욱 커지기만 했다.

"대사형."

땅이 꺼져라 한숨을 내쉬고 있을 무렵, 조용히 문이 열리더니 남소유가 나타났다.

그녀의 품에는 두 개의 함이 들려 있었다.

각각 전대 혈나한과 홍선의 사리가 든 것들이었다.
법승은 재빨리 표정을 가다듬고 밝은 모습으로 남소유를 맞았다.
"이런 늦은 시각에 무슨 일로 찾아왔느냐?"
"떠나기 전에 인사를 드리려고요."
"벌써 가려고? 더 쉬다 가지 않고."
다비식은 소림의 산문 내에서 이뤄졌다. 어느 정도 복구도 이뤄졌기 때문에 귀병가의 식솔들이 머물 장소도 충분했다.
"아뇨. 계속 있으면 해가 될 것 같아서요. 그리고 해야 할 일도 있고요."
남소유는 손에 든 두 개의 함을 내려다보았다.
"길을 정했더냐?"
"네."
남소유가 무겁게 고개를 끄덕이며 말을 이었다.
"당분간 폐관 수련을 할까 해요."
"확실히 사백께서 남기신 것을 온전히 수습하려면 그 방법밖엔 없겠구나."
홍선 대사가 무성에게 영통안을 남겼듯이, 남소유에게는 사리를 남겼다.
본디 사리란, 승려의 업과도 같은 것.

특히 홍선 대사의 몸에서 나온 사리는 하나같이 충만한 법력이 똘똘 뭉쳐진 정(精)이었다.

그 자체만으로도 파사(破邪)와 탕마(蕩魔)의 효능을 지닌 뛰어난 법구(法具)이며 심신을 괴롭힐 수 있는 갖가지 번민과 해악을 물리치는 기물이었다.

전대 혈나한의 사리 역시 만만치 않다.

법구로서는 홍선 대사의 것에는 미치지 못할 것이나, 기물로서는 도리어 효능이 뛰어나다.

달마 조사 이후로 어느 누구도 대성하지 못했다던 반야경(般若經)의 범천대불나기(梵天大佛羅氣)와 혈나한 특유의 심법, 혈라강기의 정수가 뭉쳐진 영단이다.

이 두 가지를 가지고서 수련을 쌓는다면, 번민이 씻긴 삼매 속에서 범천대불나기와 혈라강기의 정수를 습득하는 효과를 안게 된다.

더군다나 남소유는 현재 골격이 껍질을 벗어던진 탈각을 맞이하지 않았던가.

그 효과는 이루 말로 표현할 수 없을 터.

남소유는 이를 위해 폐관 수련에 들려 하고 있었다.

홍선 대사의 뜻을 이어받아 더 높이 오르기 위해서.

"대사형께서도 빨리 길을 찾으시길 바랄게요."

"알았다. 그래도 간간이 연락을 하며 지내자꾸나."

"당연하죠."

남소유가 밝게 웃었다.

"제 고향은 바로 이곳이니까요."

법승은 귀병가의 사람들을 모두 전송하고 방에 틀어박혀 밤이 새도록 생각했다.

이제 앞으로 어찌할 것인가?

홍선 대사의 의발을 눈앞에 두고서 계속 참오와 참오를 거듭했다.

소림의 길과 자신의 길에 대해서.

'무성. 진 시주, 만약 그가 나라면 어찌 했을까?'

누군가를 떠올리려 한다.

갖가지 시련과 역경에도 굴하지 않고 불굴의 의지로 돌파해 나가며 끝내 승리를 거머쥐는 이의 모습을.

그렇게 시간이 흐르고 흘러 닷새가 되자, 소림의 승려들은 하나같이 발을 동동 굴렀다.

법승은 여전히 방을 나설 엄두를 내질 않는다. 하지만 그 사이에 소림은 어느덧 정상을 되찾아 시주를 조금씩 받아들이기 시작했고, 산문으로서의 기능도 살아났다.

이럴 때일수록 더욱 의기를 다잡고 법승이 방장에 올라 승려들과 신도들을 달래야 하는데 그러질 못하고 있으니…….

특히 법승을 대신해 산문의 주요 일을 처리했던 법우의 얼굴에서는 근심이 사라지질 않았다. 언제나 활기가 찼던 그도 요즘 들어 묵언 수행을 하는 것이 아닐까 하는 말이 나돌 정도로 말이 없었다.

그리고 다시 사흘이 지났을 무렵.

드디어 법승이 방을 나섰다.

장삼 위로 왼쪽 어깨에서 오른쪽 겨드랑이 아래로 비스듬하게 누렇게 해진 가사를 걸쳤다.

왼손에는 발우를 들고 오른손에는 소림의 승려라면 누구나 권위를 인정하고 고개를 조아려야 하는 장문령(長門令), 녹옥불장이 들려 있었다.

누가 보더라도 방장으로서의 차림새다.

승려들은 드디어 법승이 마음을 다잡고 나서기로 했구나 하는 생각에 다들 들떴다.

하지만 갑자기 법승이 법우 앞에 다가가 가사를 벗더니 발우에 담아 녹옥불장과 함께 건네는 것이 아닌가!

법우가 영문을 몰라 법승을 보았다.

법승은 아주 담담한 어투로, 하지만 법우와 소림에는 커다란 날벼락을 던졌다.

"이제 앞으론 네가 소림의 방장이다."

“대, 대사형! 대체 그게 무슨 말씀이십니까!”

경악을 하는 법우와 승려들을 보면서 법승은 고개를 가로저었다.

“본디 나는 승려의 그릇이 아니다. 옛날부터 불경보다는 무공을 익히는 데 재미를 들였고, 부처의 말씀을 좇기보다는 누군가와 치고받고 싸우는 걸 더 좋아했지. 하지만 이건 속가의 문파에서나 통용될 몸가짐이지, 절대 수양을 쌓아야 할 산문의 몸가짐이 아니다. 해서 나는 스스로 파적(破籍)을 하고 속가제자로 내려가 세상을 떠돌 생각이다.”

“대사형, 그건……!”

“끝까지 듣거라. 법우, 너는 평소 행동이 경망스럽기는 하나, 마음은 언제나 깊어 다른 제자들과 신도들을 포용해 왔다. 또한, 무공은 멀리하나 부처의 말씀을 가까이 해 왔으니 너야말로 방장으로서 어울리지 않겠느냐?”

법승은 왜 과거에 홍선 대사와 홍학을 두고 결국 녹옥불장을 홍선 대사에게 물려주었는지를 알 것 같았다.

분명 소림제일인은 홍학이나, 그는 편협했다.

반대로 홍선 대사는 부드러웠다. 늘 신도와 제자들을 감싸 안을 줄 알았다.

그런 선택은, 이런 위기에서 더욱 필요하다.

그래서 법승은 오랜 고민 끝에 가차 없이 녹옥불장을 내려놓았다.

"네가 어지러운 산문을 포용하는 동안 나는 천하를 떠돌며 많은 것들을 볼 것이다. 또한, 그것들을 겪으며 소림이 아직 스러지지 않았음을 널리 알리고자 한다. 허락해 다오."

법우는 한참이나 녹옥불장과 의발을 받지 못했다.

무언가를 말하고 싶은 눈치였지만, 굳건하기만 한 법승의 눈을 마주 보고 입을 열 수가 없었다.

결국 법우는 녹옥불장과 의발을 받고 말았다.

"……좋습니다. 다만, 한 가지만 약조해 주십시오."

법우의 눈에 힘이 들어간다. 방장으로서의 위엄이다.

"언젠가 다시 돌아오셔야 합니다. 다치지 않고, 꼭 무사히 돌아오셔야 합니다."

그제야 법승의 입가에도 웃음꽃이 폈다.

"당연하지 않느냐? 나의 고향이 바로 이곳이거늘."

숭산을 내려올 때, 법승은 신도들이 봉헌하고 갔던 평범한 의복에 제미곤 하나만을 챙겼다.

그래도 머리가 박박 밀린데다가 한평생을 절간 생활을 해 왔던 터라, 스님 티가 많이 났다.

거기다 덩치까지 커서 눈에 너무 잘 띄었다. 저잣거리를 지나는 내내 사람들은 저마다 한두 번씩 그를 돌아볼 정도였다.

그런 그가 가장 먼저 들른 곳은 바로 귀병가였다.

"무슨 일이오, 스님?"

짝다리를 짚고서 껄렁한 태도를 보이는 간독이 영 마음에 들지 않았지만, 내색하지 않고 우렁찬 목소리로 말했다.

"귀병가에 들고 싶소. 식솔로 받아 주시오."

*　　*　　*

간독은 머리가 쿡쿡 쑤시는 기분이었다.

그렇지 않아도 요 며칠 내내 장원 내에 있었던 수많은 일들에 치여 잠도 제대로 자지 못했던 상황이다.

덕분에 신경이 상당히 예민했다.

그런데 지금 눈앞에 있는 스님, 아니, 빡빡머리 거인이 날벼락을 던진다. 법복을 벗고 나니 칠 척이 넘는 거구와 험상궂은 얼굴이, 인상만으로도 고수 여럿을 때려잡고도 남을 만했다.

그는 미간을 살짝 좁히면서 자신이 잘못 들은 것이 아닌가 싶어 다시 확인했다.

"그러니까…… 스님?"

"이제 이 몸은 더 이상 승려가 아니오. 구법승(歐琺丞). 음은 같을지 모르나, 엄연히 뜻은 다르며 돌아가신 아버지의 성씨가 구씨였으니 그리 불러 주시오."

'엎어뜨리나, 메치나 그게 그거잖아!'

간독은 턱밑까지 치고 올라온 말을 꾹 눌렀다.

반장을 하며 엄숙하게 말하는 태도가 스님의 느낌이 물씬 풍긴다.

"그러니까 본가의 사람이 되고 싶다, 이 말씀이신지요?"

간독은 최대한 공손한 어투로 물었다.

법승, 아니, 구법승이 무겁게 고개를 끄덕였다.

"그렇소."

"이유를 여쭈어도 되겠습니까?"

"귀병가에서 길을 보았소. 수라의 길이야말로 이 몸이 가야할 길이라오."

'니미럴! 그럼 우리가 무슨 아수라라도 된다는 얘기냐?'

간독의 화를 아는지 모르는지 구법승은 말을 이었다.

"진 시주, 아니, 가주는 어느 누구보다 험난한 길을 걷고 있소. 그것은 필시 여태 어느 누구도 걷지 못했으며 앞으로도 걸을 수 없을 정도로 험난한 길이 될 터. 돌아가신 방장 사백께서는 그것을 예견하셨기에 그런 힘을 물려준 것일 겁니다. 하면 내가 할 일은, 방장 사백의 의지를 이어진 가주께서 가는 길을 돕는 게 아니겠소?"

구법승에게서는 확고한 의지가 느껴졌다.

이것이야말로 자신이 행해야 할 일. 목숨을 다 바쳐야 할 숙원이자 천명이라고 여기는 듯했다.

간독의 주름은 더 깊어져만 갔다.

'남씨 계집은 갑자기 은거를 한다고 하질 않나, 기왕부는 공주님을 보호하겠다고 들쑤시지를 않나. 그런데 뭐? 이제는 소림사의 대제자가 문도가 되겠다고?'

이틀 전, 남소유는 훌쩍 장원을 떠났다.

왼손에는 두 개의 사리가 든 함을, 오른손에는 반검을 꼭 쥐고서.

더 강해져서 돌아오겠다는 전언만 남기고 새벽녘에 떠났기에 어떻게 잡을 새도 없었다.

졸지에 장원의 살림살이를 비롯해 운영, 비선당, 무사들의 육성까지 전부 도맡게 된 간독은 하루에도 몇 번씩이고 머리를 쥐어뜯어야만 했다.

그런데 오늘 아침에는 금의위들이 말도 없이 들이닥치

더니 벽해공주에 대한 편의를 제대로 제공하라며 서슬 퍼런 엄포를 놓았다.

그런데 이제는 소림의 대제자라는 놈이 생떼를 부린다.

'이 상황을 대체 어떻게 받아들여야 하는 거냐?'

분명 문파의 내정을 책임지는 총관으로서는 쌍수를 들고 환영할 일이다.

그러나 급하게 먹은 떡이 체하기도 쉬운 법.

자칫 세를 불리려다가 건잡을 수 없게 될까 봐 걱정이 된다.

하지만 제 발로 찾아온 이를 내쫓을 수도 없다.

간독은 땅이 꺼져라 한숨을 내쉬며 자리를 비켰다.

"본가는 누구나 환영합니다. 들어오시지요."

*　　*　　*

요 근래 벽해공주, 주설현의 유일한 낙은 몸을 혹사시킬 정도로 수련을 끝내고 개운하게 찬물로 씻을 때였다.

오늘도 주어진 성과를 모두 해내고 뿌듯한 마음으로 숙소로 돌아왔다. 그런데 숙소에서 기다리고 있던 손님들 때문에 들떴던 기분이 확 가라앉았다.

손님들은 시비, 은과 금의위들이었다.

"마마, 왕부로 돌아가시지요."

"싫어."

"전하께서 걱정하실 것이옵니다!"

"무슨 소리야? 이 일은 아바마마께서도 승낙하신 일이야. 그런데 아바마마의 결정을 거스르려는 거야, 지금?"

"마마, 그런 뜻이 아니란 걸 잘 아시잖사옵니까……!"

금의위들은 땅이 꺼져라 한숨을 내쉬었다.

계속되는 실랑이에 중간에 끼인 은만이 발을 동동 굴리며 어쩔 줄 몰라 했다.

벽해공주는 은에게 내심 미안했지만 꿈쩍도 않았다.

한번 결심한 바는 무슨 일이 있어도 해낸다.

기왕의 옹고집은, 그녀에게도 제대로 이어지고 있었다.

'겨우 찾은 장소야. 물러서라고? 절대 안 돼!'

겉으로는 여호장군이라며 치켜세우지만, 뒤로는 '남자를 잡아먹을 년' 이라며 비아냥거리는 황실과 조정에 신물이 난 그녀에게 귀병가는 마음의 안식처와도 같았다.

나날이 늘어나는 무술 실력을 보는 것도 즐거웠고, 공주라는 신분을 벗어던지고 여러 사람들과 정겹게 어울리는 것도 좋았다.

그런데 갑자기 왕부로 돌아오라니!

절대 납득할 수가 없었다.

“제대로 이유를 설명하라. 그렇지 않으면 본 공주로서도 감히 아바마마의 명을 거역하려는 너희들을 용서할 수 없으니.”

벽해공주는 싸늘한 눈빛으로 은과 금의위들을 보았다.

말투도 어느덧 공주로서의 위엄을 찾고 있었다.

오랑캐 적장 다섯의 목을 날려 버리던 가차 없던 공주의 손속을 아직도 기억하고 있는 금의위들은 잔뜩 긴장하며 공손히 서찰 하나를 내밀었다.

“오늘 아침 왕부 앞으로 당도한 것이옵니다.”

“이것이 무엇이건대?”

“초왕부에서 보냈사옵니다.”

“초왕부에서?”

초승달 같이 고운 공주의 눈썹이 살짝 일그러진다.

아직 전쟁이 발발하지 않았다일 뿐이지, 이제 완전히 원수나 다름없는 왕부에서 서찰이라니?

벽해공주는 재빨리 서찰을 뜯어보았다.

내용은 별것이 없었다.

황실의 사람으로서 문안을 여쭌다는 내용. 세상이 어찌 돌아갈지 모른다는 몇 마디와 후계가 불안정한 제국의 미래가 걱정된다는 것이 전부였다.

정작 가장 중요한 내용은 마지막 뒤에 있었다.

……그리하여 본 왕부에서는 기왕부에 혼담을 제의하는 바이오. 과인의 슬하에 있는 셋째, 치평군(治平君)이 오 년 전에 빈을 잃고 상심에 겨워 내명부에 아무도 들이지 않고 있으니, 벽해공주와 연을 맺어 준다면 원앙처럼 아주 잘 어울리는 한 쌍이 될 것이라 믿어 의심치 않소. 이는 두 왕부의 경사스러운 결합을 의미하며…….

혼담 제의. 납채(納采)인 것이다.

"이미 초왕부의 사람도 와 있사옵니다."

주인 없다는 것을 뻔히 알면서도 찾아왔다?

대체 이해를 할 수 없는 행동에 벽해공주의 눈빛이 깊게 가라앉았다.

第九章

유부도(幽府島)

관도 위를 미끄러지는 우마차 위.

"하하하! 그러니까 그렇게 다들 위험에 잠겼을 때, 내가 뭐라고 했느냐? '누가 있어 이 엽풍도객(曄風刀客) 소율한(蘇律漢)의 앞길을 막느냐!' 라고 소리치니, 저쪽에서 뭐라 그랬는지 아는가?"

"뭐라고 그러더이까?"

"'당신이 그 말로만 듣던 소 도객이구려. 나 녹림마존(綠林魔尊)은 언제나 그대의 영명을 깊이 흠모해 왔던 터. 한낱 도적질로 끼니를 때우려는 이 몸의 얼굴이 부끄럽게만 느껴지는구려. 가시오. 막지 않겠소.' 라고 하면서 순순히 물러나더군."

"오오오!"

"거참, 대단한 양반이신 모양이구만."

"또, 또, 뭔 일화 같은 거 없으시오?"

"그러니까 말일세. 한 이 년쯤 됐나? 내가 그때……."

삼십 대쯤 되는 사내는 우마차 위에 일어서서 침이 튀어라 소싯적에 자신이 잘났다느니 하면서 자화자찬을 해 대고 있었다.

수레의 바퀴가 돌멩이 위라도 지나갈라 치면 바로 고꾸라질 수 있는 위험한 행동이었지만, 덜컹거릴 때마다 재주좋게 균형을 잡으면서 쉴 새 없이 입을 놀려 댔다.

그러면 옆에서 보따리 장사꾼으로 보이는 상인들이 맞장구를 쳐 주었다.

제법 죽이 잘 맞아 소율한이라는 이름의 낭인은 그때마다 콧대가 자꾸 높아져 이제는 '자신이 한때 삼존과 칼을 견준 고수' 라느니, '하늘이 허락을 하지 않아 세상에 이제 나왔느니' 하는 얼토당토 않은 해괴한 소리까지 해 댔다.

"그래서 도객께서는 어디로 가신다고?"

"나 같은 고수야 발길이 닿는 곳이 가는 길이고 여로고 집이 아니겠소? 다만, 근래에 초왕부에서 대대적으로 식객들을 모시고 있다는 소식을 들어 초왕 전하의 한 팔이 되고자 가는 길이라오."

"입신양명이라도 꿈꾸는 모양이시로군."

"입신양명은 무슨! 어차피 이 몸이야 가겠다면 서로 모시겠다고 난리인데. 험험! 나는 어디까지나 도탄에 빠진 백성들을 돕고자 한 팔을 거들러 가는 것뿐이라오."

그래도 수레 위에 가만히 앉아 있어 봤자 심심하기만 하던 보따리 장사꾼들에게는, 웬만한 입담꾼 못지않은 말재주를 가진 소율한의 '뻥'이 재미있기만 했다.

어차피 목적지에 도착해 우마차에서 내리면 다시 서로 모르는 사이가 될 처지가 아닌가.

기분 좋은 여정이 된다면 이 정도 수고야 수고도 아니었다. 그 사실을 아는지 모르는지 소율한은 두 시진이 넘도록 기분 좋게 떠들어 대기에 바빴다.

그러나 맛있는 음식도 계속 먹다 보면 물리는 법.

하물며 이야기도 계속 듣다 보면 질리기 마련이다.

이전에 했던 이야기를 반복하거나, 똑같은 이야기 흐름에 인물만 조금 바뀌는 지경에 이르게 되자 장사꾼들의 얼굴에도 따분함이 내려앉았다.

소율한이라고 해서 눈치가 없는 건 아니다.

처음 때보다 반응이 영 미적지근해지자 말상대를 바꾸고자 했다.

가만히 앉아서 계속 세월아 네월아 하는 건 사실 그의 성미에 맞질 않았다.

"이보슈. 거기 뒤편에 있는 양반."

소율한을 따라 장사꾼들의 시선이 뒤쪽으로 향했다.

수레의 가장 뒤쪽에는 젊은 남녀가 앉아 있었다.

어찌 보면 부부나 연인으로, 또 어찌 보면 나들이를 나온 양갓집 규수와 호위무사로 보이는 등 정체를 알 수 없는 두 사람은 다소곳하게 앉아 아무 말 없이 조용했다.

서로 이야기를 나눌 법도 한데도 마치 벙어리처럼 입 한 번 떼지 않았다. 사실 장사꾼들도 그들의 내력이 궁금하긴 마찬가지였다.

남자는 훤칠한 인상에 부드러운 눈매를 가져 전체적으로 호감이 가는 인상이다. 하지만 허리춤에 걸린 길쭉한 검이 자꾸만 신경 쓰이게 만든다. 최소한 명가(名家)나 대문(大門) 출신의 무사란 뜻이었다.

반대로 여자는 다소곳했다. 면사로 얼굴을 가리긴 했으나 그 위로 드러난 눈동자가 초승달처럼 아름답다. 착 달라붙은 궁장은 몸의 맵시를 한껏 살렸다.

척 보기에도 지체 높은 집안의 사람들이다.

두 사람이 풍기는 기운은 예리하기 이를 데가 없어서 쉽게 범접하지 못하게 만드는 뭔가가 있었다.

그래서 아무도 말을 걸지 못했던 것인데.

소율한은 그런 것쯤은 별반 신경 쓰지도 않는다는 듯이 두 사람에게 말을 붙였다.

하지만 여자는 면사 너머로 소율한을 한번 흘낏 보더니 곧 홱 하고 고개를 옆으로 돌렸다.

누가 봐도 노골적인 무시였다.

제아무리 호한이라도 기분이 팍 상할 수밖에 없다.

하물며 자존심이 강한 소율한이 그냥 넘어갈 리 만무하다. 인상을 와락 찌푸리며 앞으로 나섰다.

"이보오. 사람이 말을 했으면 듣는 척이라도 해야 할 것 아니오? 한데, 이렇게 무시나 하는……!"

그때 별안간 남자가 벌떡 일어났다.

소율한은 화들짝 놀라 뒤로 주춤 물러섰다.

여자에게 역정만 내지 해코지를 할 생각은 없었다지만, 검을 패용한 남자가 신경 쓰일 수밖에 없었다.

혹시 몰라 허리춤에 매단 귀두도에 손을 가져갔다.

선이 둥글고 끝이 뭉텅해 폭이 넓어 내리치는 힘이 강한 그의 애병이었다.

그런데 남자가 등에 매단 검을 뽑기는커녕 포권을 취하는 게 아닌가.

"죄송하게 되었습니다."

"으, 음?"

"보다시피 저희는 급히 먼 길을 달려오느라 심신이 피곤한 상태입니다. 해서 형제분이 보시기에 시비조로 보일 수도 있지만, 부디 이해해 주시기를 바랍니다."

이렇게 예의를 차리고 나오는데 웬만한 낯짝이 아니고서야 화를 내기도 어렵다.

"에이! 어쩔 수 없지. 이번만 그냥 참고 넘어가지."

그래도 남은 자존심이 있는지 소율한은 끝까지 한 마디를 더 내뱉고 자리에 털썩 앉았다.

남자는 끝까지 예의를 거두지 않다가 조심스레 의자에 엉덩이를 붙였다.

여자는 마음에 들지 않는다는 듯, 남자를 한 차례 노려보았다. 하지만 남자가 별반 대응을 않자 콧방귀를 꼈다. 이러나저러나 영 못마땅해하는 눈치였다.

결국 우마차 위는 뜻하지 않게 적막에 잠겼다. 조용히 이동하길 얼마나 지났을까. 갑자기 우마차가 멈췄다.

한 청년이 우마차의 주인과 몇 마디 이야기를 나누더니 곧 뒤로 와 난간을 붙잡고 올라왔다.

새로운 승객이었다.

청년은 눈짓으로 장사꾼들과 소율한에게 인사를 하고 비어 있는 한쪽 구석에 엉덩이를 붙였다.

선이 굵지만 어딘가 앳된 외모가 남아 있는 청년은, 이상하게 눈빛이 강렬해 인상이 강하게 박혔다.

때마침 소율한은 입이 심심하던 차여서 청년에게 말을 붙였다.

"그쪽은 어디로 가는 길이요?"

"동정호로 가는 길이오."

소율한의 눈동자가 빛을 발했다.

"호오, 혹시 그쪽도 초왕부로 가시나?"

"꼭 그런 것은 아니지만 근처로 갈 것 같소."

"마침 잘 되었군! 나도 초왕부로 가던 길이었는데. 이렇게 만나게 된 것도 인연인데 서로 통성명이나 합시다. 나는 소 모요. 그쪽은?"

사내가 엷은 미소를 띴다.

"진무성이오."

소율한이 고개를 갸웃거린다.

"진무성? 어디서 많이 들었던 이름 같은데?"

하지만 도무지 기억이 나지 않은지 관자놀이를 꾹꾹 누르며 뭔가를 떠올리려 했다.

"흔한 이름 아니오? 아마 이와 비슷한 이름을 들었어도 하루에 열댓 번은 더 들었을 것이오."

"그래서 그런가?"

소율한은 영 찝찝하다는 표정이었지만, 곧 생각을 정리하고 활짝 웃었다.

"하여튼 앞으로 잘 부탁함세, 진 아우."

언제 존대를 했냐는 듯이 은근슬쩍 하대를 한다.

하지만 무성은 전혀 신경 쓰지 않았다.

"잘 부탁드리오."

눈가가 미소를 짓는다.

하지만 그의 눈썹은 미미하게나마 떨리고 있었다.

'이전보다는 나아졌지만 여전히 고통스러워. 익숙해지려 해도 도무지 익숙해지질 않아.'

무성은 마치 바늘 같이 자그맣고 뾰족한 것으로 뇌를 쿡쿡 쑤셔 대는 듯한 통증에 살짝 미간을 찌푸렸다.

정주를 벗어나 이곳 호북까지 오는 길.

그동안 무성은 철저히 인적이 드문 야산만 넘나들었다. 그마저도 동물들이 활동을 잘 하지 않는 야심한 새벽을 이용했다.

양상군자처럼 밤에만 활개를 쳐야 했던 이유.

모두 홍선 대사가 남긴 영통안 때문이었다.

영통안은 주변의 모든 것들을 비춘다.

아주 무분별하게.

덕분에 세상의 근원을 엿보기 시작했다는 이점이 있지만, 반대로 불필요한 것들도 같이 받아들였다.

감각의 홍수는 이법을 터득하며 권능을 터득할 때에도 겪어 본 바가 있었다.

하지만 그때와는 비교가 안 된다.

마치 자연 속에 녹아드는 기분.

육신통(六神通)을 강제로 깨우친다는 건 그만큼 고난한 작업이었다.

신(神)은 불가사의(不可思議), 통(通)은 무애(無礙)를 뜻하는 바. 신묘하고도 거칠 것이 없는 신통력을 발휘하는 지혜는 감히 인간의 그릇으로 받아들일 수 있는 게 아니었다.

'나'라는 존재가 내가 아니게 되는 황홀(恍惚)과 무아(無我)의 사이에서 무성은 억지로 의식을 붙잡고 있어야만 했다.

하지만 하루에도 몇 번씩 자연과 삼라만상이라는 거대한 망망대해 속으로 휘말릴 뻔한 아찔한 경험은, 천장단애의 끝에 아슬아슬하게 선 것만큼이나 위험했다.

그런데 신기하게도 그때마다 무성을 구해 준 것은 혼명이법의 신묘한 권능이었다.

하단전에 단단히 뿌리를 내리고, 중단전을 줄기로 삼으며, 상단전에서 이파리를 피우기 시작한 영목은 거센 폭풍우에도 절대 끄덕도 없는 소나무의 굳셈을 떠올리게 했다.

아니, 거친 환경에서 자란 나무들이 더 튼튼하듯이 영통안으로 접한 삼라만상의 정보들이 풍랑을 일으킬 때마다 영목은 더욱 굵어지고 탄탄해졌다.

덕분에 이제는 영통안을 계속 뜨고 있어도 절대 흔들리지 않는 부동심을 얻게 되었다.

그래서 마음을 다 잡고 세상으로 나온 것인데.

아직 완전히 익숙지 않아서 그런지 머릿속이 영 어지럽기만 하다.

'이런 상태에서 기습이라도 받으면 큰일 나겠어.'

무성은 쓰게 웃으면서 조금이라도 더 영통안에 익숙해지고자 소율한에게 말을 붙였다.

궁금한 점도 있었다.

하필 많고 많은 우마차들 중에 이곳을 택한 것도 그 때문이지 않은가.

"한데, 소 형. 궁금한 것이 있소."

"하하하! 우리 사이에 뭘 그리 내빼시는가? 그래. 말씀해 보시게, 진 아우."

"초왕부에서 사람들을 모은다 하지 않으셨소?"

"그랬지."

"그것이 사실이오?"

소율한이 빙그레 웃었다.

“진 아우도 그게 궁금한 모양이구만.”

무성은 계면쩍게 웃으며 검지로 볼을 긁적였다.

자신이 생각해 봐도 그럴 듯한 연기였다.

“꼭 그런 것은 아니오만. 그래도 왕부의 사람으로 발탁되면 밥벌이는 되지 않을 것 아니오? 사내로서 그런 곳에 한번 끼어 보고 싶은 마음도 있고.”

“하하하! 뭘 그리 내빼시는가.”

소율한은 손으로 무성의 등을 두들겼다.

“사실일세. 그 소식 때문에 호북이고 호남, 귀주, 강서 할 것 없이 낭인이란 낭인들은 죄다 눈에 불을 켜고 있어. 이처럼 좋은 기회도 없으니 말이야.”

조정과 무림이 불가촉(不可觸)의 관계라지만 낭인들에게는 조금 다르다.

언제나 돈 몇 푼에 전장을 전전하며 목숨을 파는 그들에게 황실의 자리는 천상의 자리나 다름없었다.

반란이 일어나는 것이 아니면 크게 몸을 쓸 일도 없는 데다가, 봉급도 제법 세다. 적당히 밥이나 축 내다가 필요할 때 몇 번 칼을 휘두르면 되는 것이다.

‘야별성과의 관계가 드러난 상황에서 사람을 뽑는다? 왜 굳이 더 눈에 띄는 행동을 하는 걸까? 후에 있을지 모를 전쟁에 대비해서? 하지만 이게 더 위험하지 않나?’

왕부에서 보유할 수 있는 병력에는 한계가 있다. 지방 정권의 탄생을 걱정하는 황실의 우려 때문이다. 황도의 어림군인 기왕부만이 예외일 뿐이었다.

그런데 이렇게 노골적으로 무사들을 모으고 있다면 세간의 이목을 집중시킬 수밖에 없다.

문제는 그럴 필요가 없다는 점이다.

초왕부의 곁에 야별성이 있다면 누가 그를 해코지할 수 있을 것인가.

오히려 과시용이라고 보는 게 옳다.

'그럼 누구에게? 기왕에게? 도발을 하는 건가?'

그러나 이것도 단순히 그렇다고 여길 수 없다.

기왕은 가슴속에 불을 품고 있지만 머리는 늘 얼음물을 끼얹고 있다.

이전의 모욕을 겪고도 아직 초왕부로 달려가지 않은 것은 때를 기다리기 위해서다. 그래서 순순히 황실의 소환에 응해 제 발로 황도로 걸어 들어간 것이다.

그렇다면 누구에게 보여 주려는 건가?

생각이 꼬리를 무는 순간, 방금 전 소율한이 했던 말이 떠올랐다.

낭인들이 들끓는다는 말.

'아!'

무언가가 보이는 것 같다.

'이목이야. 말 그대로 천하며 무림이며 가릴 것 없이 전부 이목을 끌어들이려는 거야.'

이유는 모른다.

다만, 기왕부와 무신련의 충돌을 끌어내지 못한 야별성이 차선책으로 무언가를 꾸미고 있다면 납득이 간다.

'그럼 이들도?'

무성의 눈동자가 소율한에게서 벗어나 맞은편에 앉은 두 사람에게로 힐끗 향한다.

아무 말도 없이 조용히 앉아 있기만 한 두 남녀.

부부나 연인으로 보이지만, 실상은 무림인이다.

그것도 상당한 수양을 쌓은 고수.

'남자의 검. 검신이 곧고 날의 예기가 약해. 제사용이란 뜻이야. 게다가 이마에 두른 두건이며 행동거지까지. 도가 계통의 출신이다.'

그것도 상당한 내력을 지닌 도가 문파.

'여자도 다르지 않아. 겉으론 신분을 속이기 위해 궁장을 입었지만 사실은 익숙지 않은 옷이라 그런 거야. 보폭이 크고 잔근육이 발달해 있어. 무인이야.'

맵시가 잘 드러나는 궁장은 입고 벗기가 불편해 양갓집 규수가 아니면 잘 입지 않는다. 여인의 신경이 날카로운 것은 그 때문이다.

하지만 무인이라면 병기는 어디에 있는가.

'복대. 일종의 기형(奇形)이야. 연검 내지는 채찍, 혹은 부드러운 재질의 곤이나 창이 아닐까?'

무성은 창이 아닐까 하고 막연하게 추측해 보았다.

여인의 기질은 소림과 가까우니 불가에 적을 두었을 가능성이 크다.

그렇다면 두 사람의 신분이 얼추 맞아떨어진다.

도가의 남자와 불교의 여인.

청성과 아미.

무신의 독천 맹세와 함께 기나긴 잠에서 깨어나려 한다는 사천의 두 명문대파가 아닐까?

'초왕부로 가는 여정길에는 이런 사람들이 많다는 뜻이겠지.'

무성이 이 우마차에 올라탄 것은 절대 우연이 아니다.

우연이라 하기엔 타고 있는 인원의 구성이 재미있어서 의도적으로 접근한 것이다.

특히 삼류 낭인으로 보이는 소율한도 겉보기와 달리 제법 깊은 내력을 품고 있다. 낭인의 습관으로 의도적으로 실력을 감추려 하지만 영통안을 속일 순 없었다.

"호남 장사가 떠들썩하겠소."

무성의 말에 소율한은 간지러웠던 입을 마구 열었다.

"듣자 하니 떠들썩한 정도가 아니더라군! 흔히 낭인들만 모일 것이라 생각하기 쉬운데 그 외에도 따로 적(籍)을 두지 않은 고수들이며 은거한 것으로 알려진 기인들도 몰려든다고 하니…… 과히 아수라장이 따로 없지."

"소 형은 그런 걸 어찌 그리 잘 아오?"

"이미 먼저 가서 자리를 잡은 동료들이 있다네. 조금만 늦게 갔어도 객잔에 자리가 없었을 거라며 호들갑을 떨더군. 후후후! 다행히 나는 동료들 덕택에 방이 있지만."

그러면서 눈썹을 살짝 말아 올린다.

자신을 따라오면 풍찬노숙 꼴은 면하지 않겠냐는 노골적인 의사다.

소율한은 무성을 옭아매려 하고 있었다. 아마 호형호제를 하면서 짐꾼 노릇이나 맡기려는 속셈인 듯했다. 물론 호락호락하게 당할 무성이 아니니 못 본 척 넘겼다.

입맛을 다시는 소율한을 뒤로하고 무성은 슬쩍 두 남녀에게 말을 건넸다.

이왕이면 정확한 정체라도 알고 싶었다.

"하면 두 분께서도 초왕부로 가시는 거요? 이것도 인연이면 인사나 나눕시다. 본인은 진무성이라 하오. 형장과 소저께서는 어찌 되시오?"

"……."

"……."

대답은 없었다.

남자는 가만히 사람 좋은 미소를 짓는다. 다만, 안개를 잔뜩 깔아 놓은 것처럼 속을 알 수 없게끔 느껴졌다.

반대로 여자는 힐끔 이쪽을 보더니 관심이 없다는 듯 고개를 옆으로 돌렸다. 무시를 하기보다는 무언가 탐탁지 않는다는 듯 뚱한 표정이었다.

머쓱해진 무성이 검지로 볼을 긁적이니, 소율한이 뒤에서 크게 웃음을 터뜨렸다.

"하하하! 진 아우가 호기 좋게 나섰다가 된서리를 맞았구만."

"그러게 말이오."

무성은 어깨를 으쓱거렸다.

그러나 생각은 달랐다.

명문대파의 제자라면 보통 자신의 정체를 밝히기를 꺼려하지 않는다.

그들에게는 행동 하나하나가 사문의 이름이었으니.

그런데도 거론하지 않는다는 뜻은 하나.

'역시. 이들은 어떤 임무를 띠고 있어.'

몰려드는 고수들과 갖가지 기인들. 그리고 문파들.

역시 초왕부는 무언가를 획책하고 있었다.

'이런 자들이 많아진다면…… 복마전이 되겠어.'

아주 잠깐 무성의 눈이 스산한 빛을 발했다.

* * *

무성은 두 시진쯤 지나서 우마차에서 내렸다.

소율한이 왜 장사까지 동행하지 않느냐고 따지듯이 물었지만, 주변에 볼일이 있다는 말로 둘러댔다. 실제로 무성은 따로 찾아갈 곳이 있었다.

떠나기 전에 자신을 바라보는 아미파 여제자의 눈빛이 조금 묘한 빛을 띠었지만 내색하지 않았다.

'어차피 곧 있으면 만나게 될 테니.'

초왕부의 저의를 파헤치다 보면 이들과도 다시 만나게 된다. 그런 생각을 뒤로하고 무성은 훌쩍 몸을 날렸다.

들를 곳은 동정호였다.

동정호는 여러 의미로 무성에게 많은 의미를 가졌다.

모든 것이 시작된 곳.

누이와의 어린 시절 기억이 어려 있고, 주익을 만난 곳이며, 귀병가가 발원한 곳이다.

추억과 원한이 응어리져 있다.

그래서 바다처럼 깊고 넘실거리는 동정호의 물결을 볼 때면 마음이 항상 심란해졌다.

무성은 망부석처럼 뭍에 서서 한참이나 동정호를 보다가 천천히 발길을 옮겼다. 사람들이 놀라서 나오라고 소리를 질러 댔지만 아랑곳하지 않았다.

파파파!

갈댓잎을 잘라 수면 위에다 뿌린다.

발을 놀릴 때마다 갈댓잎을 가볍게 밀치며 물살이 잘게 일었다. 넘실넘실 출렁이는 파도를 뒤로하고 무성은 얼음 위를 미끄러지듯이 쭉쭉 나아갔다.

일위도강(一葦渡江), 수상비(水上飛)!

이미 신법과 경공만 따진다면 강호에서 세 손가락 안에 들 정도로 대단했다. 사람들은 '용왕께서 용궁에서 나와 산보를 하시는구나!' 하며 절을 올리기에 여념이 없었다.

무성은 단숨에 동정호 수면을 주파하며 군도(群島) 사이로 스며들었다.

동정호는 넓은 크기만큼이나 무수히 많은 섬들을 안고 있다. 평소에는 사라졌다가 갈수기에만 나타나는 섬들도 있으며 다양한 동식물들이 사는 큰 섬도 있다. 개중 대부분이 사람이 살지 않는 무인도였다.

무성이 닿고자 하는 곳이 바로 그런 무인도였다.

항간에는 유부도(幽府島)라 불리는 곳.

유부, 저승이라는 이름을 달고 있을 정도로 유부도는 아무도 얼씬거리지 못한다.

섬 주변으로 항상 거친 풍랑과 함께 소용돌이가 곳곳에 활개를 치기 때문이다. 이따금 실수로 영향권에 들어선 배들은 무참히 부서지고 말았다. 그래서 인근의 어부들은 모두 이곳에 다가가기를 꺼려했다.

덕분에 과거에는 동정채라는 커다란 수채가 관부를 피해 숨어 있었으나, 무성에 의해 박살이 난 후로는 황량한 섬이 되고 말았다.

아니, 지금은 새로운 주인을 갖고 있었다.

혈랑단.

그들이 바로 이곳에 있었다.

탁!

거친 풍랑과 매서운 소용돌이마저도 가볍게 넘어선 무성은 사뿐히 섬에 착지했다.

하지만 호쾌한 움직임과는 다르게 숨결이 거칠었다.

"두 번 할 건 못 되겠어."

무성은 가볍게 혀를 찼다.

풍랑과 소용돌이를 건너는 것도 상당히 많은 공력과 심력을 소모케 했지만, 드넓은 동정호를 횡대로 주파하는 것도 힘든 일이었다.

금구단을 삼키고 영목이 제대로 안착하면서 더 이상 마르지 않는 공력을 가지게 되었다고 생각했는데, 그마저도 칠 할 이상이 텅 비어 버렸다.

그래도 기분은 좋았다.

물살 위를 가른다는 상쾌함과 시원한 바람과 축축한 물기를 가득 안는 호쾌함은 가슴이 짜릿할 정도로 즐거웠다.

동정호를 마주했을 때 심란했던 마음은 습기 가득한 바람에 모두 날아간 듯, 가슴속은 시원하기만 했다.

가볍게 콧노래를 흘리며 섬 안쪽으로 걸음을 옮긴다.

'과연 놈들을 데려갈 수 있을까?'

가능하다면 무성은 초왕부로 가는 여정에 마구유를 비롯한 몇몇을 동행시키고 싶었다.

어차피 이곳엔 몇몇도 남아 있지 않을 터였다.

마약과 색욕에 찌들며 한평생 약탈이나 하면서 살아왔던 놈들이 제대로 끈기 있게 곤호심법을 익혔으리란 생각은 들지 않았다. 곤호심법은 대단한 권능만큼이나 입문이 아주 까다로운 절학이었다.

수백 명이나 되던 인원 중 열 명 정도만 남아 있어도 기대했던 것 이상의 성과다. 한 명도 남아 있지 않는다고 해도 전혀 이상하지 않았다.

그래도 무성은 막연하게나마 한 가지 기대를 했다.

'마구유. 녀석이라면 악착같이 남아 있을 테지.'

한낱 삼류 낭인에서 시작해 신주삼십육성의 고수가 되고, 끝내 북막 최고의 집단, 혈랑단까지 만든 입지적인 인물이다. 쉽게 원한을 포기할 거란 생각은 안 들었다.

더군다나 떠나기 전에 무성에게 보여 줬던 독기에 찬 눈빛은 절대 잊을 수가 없었다.

그렇게 묘한 기대를 안고 혈랑단이 머무르고 있을 요처에 도착한 순간,

"뭐지? 이건?"

무성을 맞이한 것은 죄다 불에 탄 초옥들이었다.

거의 전소되어 초옥이었다는 형체만 겨우 남은 폐허들. 새카맣게 탄 재들이 바닥에 뿌려져 있었다.

문제는 그 위에 싸운 흔적이 있다는 점이었다.

시간이 꽤 지나 발자국이 많이 사라져 있지만, 곳곳에 남은 자국들은 모두 날카로운 병장기들이 남겼다는 것을 말해 주었다.

그것도 검기와 강기가 동원된 싸움.

"동쪽에서 침입자가 있었어. 그리고 이것을 막으면서

서쪽으로 달아났고. 아니, 일부는 남서쪽으로 도망쳤나?"

무성은 흔적을 더듬거리며 머릿속으로 이곳에 있었던 일들을 그려 보았다.

외부에서의 침입은 아닌 듯하다.

갑작스레 싸움이 벌어졌으니.

그렇다면 반란이라고 봐야 한다.

평소 마구유에게 불만이 있던 무리들의 반란.

그리고 서쪽으로 달아난 이들은 반란한 이들을 끌어들이는 미끼였고, 남서쪽으로 도망친 이들은 마구유를 피신하기 위해 소수로 움직인 이들일 가능성이 크다.

정작 가장 큰 문제는,

"무공을 되찾았어. 분명히."

폐허 한가운데에 남은 여러 개의 족흔(足痕)들.

깊이는 일 치 이상. 지반이 딱딱한 곳이니 내가고수가 아니고서야 힘들다.

그나마 완전히 되찾은 것은 아닌 듯하다.

마구유쯤 되는 녀석이라면 반란을 일으킨 놈들 따위 단숨에 도륙낼 테니. 제아무리 수많은 전장을 전전한 혈랑단이라고 해도 마구유와 비교할 것은 못 된다.

그러나 곤호심법을 익혔다는 것이 문제가 된다.

그것도 최소한 삼십 명 이상이다.

"내가 너무 안일했어."

무성은 손으로 얼굴을 덮으며 실책을 인정해야 했다.

이렇게나 많은 이들이 성공할 줄은 몰랐다. 더군다나 그랬다면 마구유를 중심으로 복수를 하러 왔을 텐데, 이렇게 내분이 일어날 줄 짐작이나 했을까.

뿔뿔이 흩어진 혈랑단들은 곧 본래의 무위를 되찾은 것으로도 모자라 곤호심법까지 더해 악랄한 사고를 많이 치고 다닐 터.

어쩌면 초왕부에서의 소식을 듣고 그쪽으로 흘러 들어갈지도 모른다.

'놈들도 바보가 아닌 이상 나와 초왕부의 관계에 대해서는 잘 알 테니까.'

관건은, 반란을 일으킨 쪽과 마구유 쪽, 두 곳 중 어디가 초왕부로 붙을 것이며 다른 쪽은 또 어디로 흘러갈 것이냐다. 무성은 지끈거리는 머리를 안으며 변수를 예측하려던 때였다.

무언가가 영통안을 찌릿하고 울렸다.

'있어! 생존자가!'

무성은 다급히 폐허의 뒤편으로 달려갔다.

피를 뿌린 주검 스무 구가 보인다. 하나같이 팔다리가 날아간 잔혹한 현장이다. 그런데 시체 더미 사이로 무언가가 꿈틀거리고 있었다.

무성이 재빨리 맥을 짚어보니 미약하게나마 숨이 붙어 있었다. 내공을 불어 넣으니 호흡이 한결 나아졌다.

혈랑단원의 눈에 살짝이나마 정광이 어렸다.

금방이라도 꺼질 것 같은 촛불처럼.

"내가 누군지 알아보겠어?"

하지만 아무리 흔들어 봐도 초점이 잡히질 않는다.

그저 염불을 외는 중처럼 흐릿한 목소리로 무언가를 중얼댈 뿐이었다.

"소……천……!"

그 말을 끝으로 눈가에서 초점이 사라졌다.

무성은 시신을 조심히 내려놓으며 손으로 눈가를 덮어 주었다. 녀석이 죽으면서 남긴 말, 소천(消天).

현 강호에 소천이라는 단어와 관련되어 있는 자는 몇 명 되지 않는다.

특히 그자는 면식은 없어도 귀병가와도 인연이 있다.

천라검법의 주인. 화우만천과 함께 초왕부에 나타났다고 하는 자.

"소천혈검이 왔다 갔어."

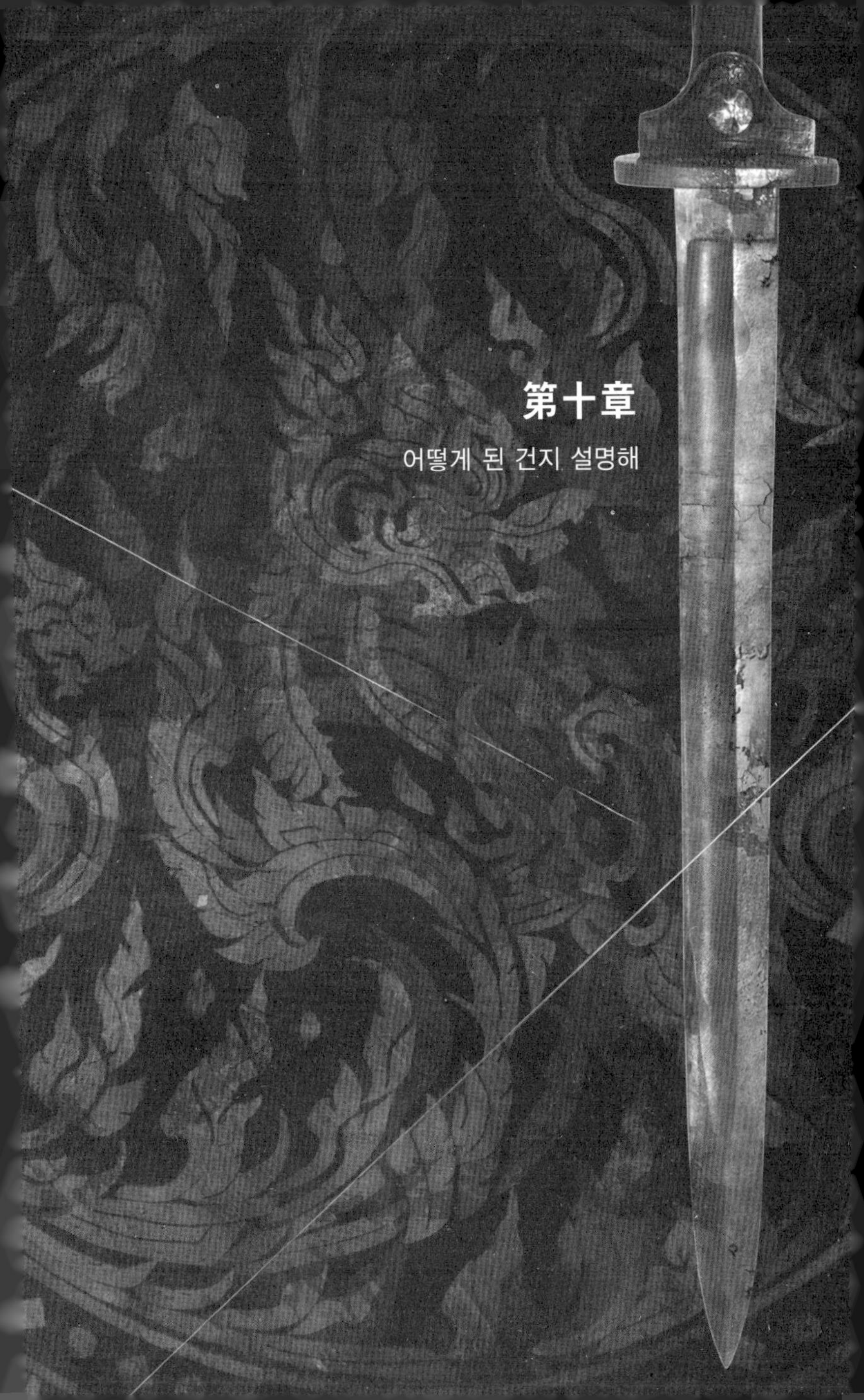

第十章

어떻게 된 건지 설명해

무성은 유부도에서 하룻밤을 보내고 동정호를 나왔다.

죽은 시신들의 봉분은 따로 만들어 주었다. 다만, 날아간 팔다리를 일일이 붙여 줄 만큼 교분을 나눴던 것은 아니었기에 한데 모아서 합장(合葬)을 치렀다.

소천혈검이라는 단서만 가진 채로 그는 사흘을 내리 달려 상음에 도착했다.

동정호에서 뻗어 나온 물줄기를 따라 장사로 이어지는 곳에 위치한 현이었다.

저잣거리를 지나면서 드는 생각은 하나.

'사람이 많아. 엄청.'

보보마다 마주치는 것이 전부 사람이었다.

그것도 하나같이 허리춤이나 등에 병장기를 패용한 무인들.

험악한 인상과 흉흉한 기세가 수없이 날리니 일반 양민들은 감히 밖으로 나올 생각도 하지 못했다.

반대로 장사꾼들은 하나같이 함박웃음을 지었다.

그들에게는 얼마 없을 호재로만 보였으리라.

더군다나 많은 무인들의 등장에 관부의 포졸들은 물론 병사로 보이는 이들까지 총동원되어 치안 유지에 나서고 있었다.

여차하면 바로 추포할 태세인 데다가, 이 근방에 왕부의 영지가 있는 것을 감안했는지 무인들도 웬만한 충돌이 아니면 서로를 피하는 경향이 짙었다.

무성은 사람들 틈 속으로 섞여 들었다가 적당한 객잔을 물색했다.

오랫동안 달려온 터라 푹 쉬고 싶었다.

무성이 찾은 객잔은 풍랑객잔이란 곳이었다.

'객잔이 이렇게 꽉 차 있을 줄이야.'

방을 같이 쓰지 않겠냐며 큰소리를 치던 소율한의 모습이 이제야 이해가 간다.

벌써 객잔을 돌아다니길 여섯 차례.

그때마다 방이 없다며 번번이 퇴짜를 맞았다.

웃돈을 얹어 준다고 해도 방이 없어서 못 내놓을 판국이란 소리를 들으니 머리가 아팠다.

상음에서 유일하게 남은 객잔이라, 이번에도 퇴짜를 맞으면 여지없이 풍찬노숙을 해야 할 팔자였다.

이번에는 제발 방이 비었기를 바라면서 찾았지만,

"죄송합니다. 보시다시피 이렇게 사람들이 많은 터라. 다른 곳을 이용해 주십시오."

다른 객잔에서도 똑같이 봤듯이 발 디딜 틈도 없이 북적대는 손님들과 미안하다며 고개를 숙이는 점소이었다.

무성은 땅이 꺼져라 한숨을 내쉬며 물었다.

"하면 식사라도 못 하겠소? 먼 길을 오느라 시장한데."

"역시나 자리가 없어서 합석도 불가능한 판입니다."

"어쩔 수 없지."

무성은 물고기나 낚아 끼니를 때워야겠다는 생각에 쓰게 웃으면서 물러서려 했다.

그때 객잔 저 안쪽에서 익숙한 목소리가 들렸다.

"아니, 이게 누군가! 진 아우가 아니신가!"

고개를 드니 이 층 난간에 소율한이 걸치고 서서 아래에 있는 무성을 향해 손을 흔들고 있었다. 반갑다는 듯이 호호탕탕하게 웃음을 터뜨리는 모습이 호인 같았다.

무성은 포권을 취해 인사했다.

"이곳에서 뵙게 되니 반갑소, 소 형."

"그러게 말일세. 아무래도 진 아우와 나는 인연이었나 보이. 하하하! 한데, 거기서 뭐하시는가?"

무성은 계면쩍은 표정을 하며 검지로 볼을 긁적였다.

"보다시피 사람이 많아 머물 방도 없다 하여 돌아가려던 참이오."

"그러게 내가 뭐라고 했었나? 날 따라오라고 하질 않았었나. 마침 잘 되었네. 이렇게 만난 것도 인연이니 올라오시게. 합석하세."

무성은 잘 되었다는 생각에 계단을 타고 위층으로 올라갔다.

소율한은 가장 안쪽, 바깥이 훤히 내려다보이는 창가에 앉아 있었다.

그런데 합석하고 있는 인원 중 몇몇의 낯이 익었다.

우마차에서 동승했던 장사꾼들과 청성과 아미의 두 남녀였다.

그 외에도 소율한의 동료로 보이는 낭인 세 명이 더 앉아 있었지만, 전혀 생각지도 못한 조합이라 무성의 눈이 살짝 동그래졌다.

소율한은 무성이 그런 표정을 지을 줄 알았다는 듯 다시 크게 웃었다.

"이분들도 아직 방을 잡지 못하던 것을 같이 합류하자고 설득하여 동석하게 된 것이라네."

"그렇구려."

아미의 여자는 부끄러운지 얼굴을 살짝 붉히며 고개를 옆으로 홱 돌렸고, 청성의 남자는 묘한 미소를 지으며 담담하게 무성의 눈빛에 고개를 끄덕였다.

제아무리 도도한 명문대파의 제자들이라고 해도 허기와 수면의 유혹에서는 어찌할 수 없는 모양이었다.

"이렇게 만나게 된 것도 인연이니 서로 통성명을 나누지 않겠나?"

무성은 고개를 끄덕이면서 모두에게 인사했다.

"못 보던 분들도 있으니 인사하겠소. 하남 정주에서 온 진무성이라 하오."

"알다시피 난 소율한."

"본인은 소 형의 동료, 이백태(李百態)라 하오."

"진팽(陣彭)이오. 강호의 동도들은 날 백귀날도(白鬼捺刀)라 부르지."

"방홍(龐弘). 공족(空足)이란 별호를 갖고 있다."

이백태는 소율한과 반대로 점잖은 인상을 지닌 자였고,

소율한의 칼과 비슷한 크기의 도를 꺼내 들며 큰소리를 뻥뻥 치는 진팽은 얄팍한 인상이 강했다. 반말을 던진 방홍은 무성에게 별반 관심도 두지 않는 눈치였다.

장사꾼들도 저마다 이름을 밝히고, 뒤이어 청성과 아미의 제자들에게까지 순번이 닿았다.

아미의 여인은 영 자리가 마땅치 않는다는 듯 인상을 살짝 찌푸리다가 한 마디만 툭 내뱉었다.

"홍가연(弘佳緣)."

그러고는 원래대로 다시 창 쪽으로 고개를 홱 돌린다.

청성의 남자는 난감하다는 듯이 씁쓸하게 웃다가 다시 여유로운 태도를 되찾고 자리에서 일어나 정성스레 포권을 취했다. 그야말로 명문대파 출신다운 절도 있는 동작이었다.

"만나서 반갑소. 이학산(李鶴山)이라 합니다. 사해가 동도라, 동정호에서부터 이곳까지 줄곧 함께 해 온 것만 해도 엄청난 인연이 아니겠습니까? 오늘 이 자리에 모인 모든 영웅분들이 의기투합하여 강호의 큰 별이 되고도 십 년 후에 다시 모여 이와 같은 자리를 나눴으면 하는 바람입니다."

이학산은 마치 자신이 자리를 만든 장본인이라도 되는 듯 말만은 청산유수가 따로 없었다.

소탈해 보이는 것과 달리 어느 자리든 간에 자신이 빛나지 않으면 절대 안 되는 그런 성미이리라.

우마차에서도 나누지 못했던 통성명이 끝나자, 소율한은 가볍게 헛기침을 하며 말했다. 자신이 이 자리의 주인임을 확실히 하려는 모양새였다.

"흠흠! 여하튼 음식과 술은 마음껏 시켜 놨으니 오늘 하루 즐겁게 놀아 보십시다. 그리고 누가 초왕의 은혜를 입던 간에 오늘 이 자리를 서로 잊지 말기요."

호탕한 웃음과 함께 젓가락을 들기 시작한다.

무성은 상다리가 부러지도록 한 상 가득히 올라온 별미를 맘껏 즐기며 식도락을 즐겼다.

'귀찮아. 전부.'

아미파의 제자, 홍가연은 이맛살을 좁혔다.

가뜩이나 자리가 불편해 예민해 죽겠는데 말을 붙이니 심사가 언짢기만 하다.

오는 내내 그녀는 불쾌하기만 했다.

몸통을 옥죄는 궁장은 마치 사슬 같아서 싫고, 복대에 두른 연창은 어색하기만 하다. 손에 잘 맞는 복마창은 짐짝에 있으니 불편했다.

'제일 불편한 건 이놈이고.'

가만히 앉아서 사람 좋은 미소만 방긋방긋 지어 보이는 이상한 놈.

동행으로 왔다지만, 전혀 마음에 안 든다.

이학산. 청성파의 제일가는 후기지수는 마치 물 만난 고기처럼 유려한 말투로 탁상에 앉아 있는 사람들을 홀리고 있었다.

자리를 만든 소율한의 낯빛이 굳어가고 있지만 전혀 모르는 눈치다.

아니, 전혀 신경 쓰지 않는다는 말이 맞았다.

원래 자신이 가장 빛나야만 적성이 풀리는 놈이니.

초왕부까지 동행하라며 사문에서 붙여 준 동행이라지만, 그녀의 눈에는 방긋방긋 웃는 게 꼭 기녀들 등쳐 먹는 기생오라비 같이 보였다. 하는 태도도 뺀질거리는 것처럼 보여 전혀 호감이 가질 않았다.

아까 전부터 끈적끈적한 추파를 던지기에 바쁜 진팽 같은 낭인들은 더 말할 것도 없고.

그나마 좀 나은 사람을 찾으라면,

'진무성? 맞지? 저 정도면 뭐 봐줄 만하네.'

이목구비도 뚜렷하고 눈빛도 강렬한 것이 딱 그녀의 마음에 쏙 드는 이상형이었다.

다만, 무공을 익히지 않은 것 같으니 예외였다.

그래서 자기들끼리 떠들어 대도 끼어들지 않았다.

전혀 그럴 마음도 안 들었고, 참여해 봤자 나눌 대화도 전혀 없었다.

“한데, 홍 소저께서는 자리가 영 불편하신 모양이오.”

그때 진팽이 미소를 뗬다. 하지만 미소와 다르게 눈가엔 탐심이 돌았다. 미녀인 그녀를 볼 때면 남자들이 하나같이 보이는 태도였다.

홍가연이 귀찮다는 듯이 대답을 않자, 진팽의 한쪽 눈썹이 꿈틀거렸다.

이학산이 예의 수려한 말투로 끼어들었다.

“보다시피 홍 소저께서 오랜 여정으로 많이 피곤하셔서 말입니다. 부득이 언짢은 점이 있으시더라도 이해를 부탁드리겠습니다.”

이학산이 고개를 살짝 숙인다. 그러면서도 전혀 비굴하다는 인상이 들지 않는다. 도리어 당당하다.

진팽도 얼굴을 붉히며 헛기침을 하며 물러섰다.

“그, 그러시다면 어쩔 수 없지.”

“이해해 주셔서 감사드립니다.”

이학산은 미소를 짓더니 홍가연에게 말했다.

“피곤하시면 방에 들어가서 조금 눈이라도 붙이십시오, 홍 소저. 다행히 소 형의 도움으로 방을 얻지 않았습니까?”

그래. 이거였다.

이 녀석이 처음부터 싫었던 이유.

마치 그녀의 생각을 모두 짐작이라도 하고 있다는 듯한 여유로운 태도가 영 마음에 거슬렸다.

그녀는 눈살을 찌푸리며 고개를 홱 돌렸다.

‘역시 재수 없어.’

그러다 한쪽에서 대화에 끼어들지 않고 묵묵히 식사를 하던 무성과 눈이 마주쳤다.

무성이 살짝 미소를 짓는다.

다 이해한다는 태도.

이학산과 비슷하지만 전혀 다른 느낌이다. 도리어 공감을 해 주면서 보듬어 주는 것 같다.

홍가연은 마음을 들킨 것 같다는 생각에 얼굴을 살짝 붉혔다. 더 눈을 둘 데가 없어 저도 모르게 푹 숙이고 말았다.

‘선해 보이는 쪽은 속과 밖이 다르고, 차가워 보이는 쪽은 도리어 순진하군. 저 조합으로 사천에서 여기까지 잘도 동행을 했어.’

무성은 이학산과 홍가연 사이에 흐르는 묘한 기류를 읽

었다.

남녀 간의 정이 아닌, 서로를 경시하는 태도.

아마도 구대문파라는 한 울타리에 묶여 있지만, 무신련이 나타나기 전까지만 해도 사시각각 서로 반목하기 바빴던 청성과 아미의 기질을 고스란히 물려받았기 때문이리라.

크게 신경을 쓰지 않아도 되겠다는 생각에 맛나게 먹고 있던 오리구이를 한 젓가락 더 뜨려는데,

"음?"

무성은 슬쩍 고개를 들었다.

인상이 딱딱하게 굳었다.

"갑자기 왜 그러나, 진 아우? 목이라도 막혔나?"

이학산을 영 못마땅하다는 태도로 보고 있던 소율한이 고개를 갸웃거렸다.

"소 형."

"갑자기 왜?"

"아무래도 자리를 비켜야 할 것 같소."

"왜 그런……!"

쾅!

갑자기 아래층 대문 쪽에서 폭발음이 들리더니 객잔이 주저앉을 것처럼 요란하게 울렸다.

"이런 늦었군."

무성이 눈살을 좁히는 사이, 낭인들이 재빨리 난간으로 달려갔다.

일단의 무리가 흉흉한 기세를 드러낸 채로 문가에 떡하니 서 있었다.

정체를 숨기려는 듯하나, 다 같이 얼굴에 요상한 가면을 쓰고 있었다. 개, 소, 고양이, 원숭이 따위의 동물 가면이었다.

그중 가장 선두에 있던 개 가면을 쓴 사내가 쩌렁쩌렁하게 소리쳤다.

"오늘 이곳은 우리가 접수해야겠다!"

객잔 안에는 저마다 한가락 하는 고수들이 많다.

당연히 반발이 뒤따랐다.

"뭐야, 저놈들?"

"뒈지고 싶어서 환장했나?"

하나같이 서슬 퍼런 기세를 드러내며 저마다 병장기를 꺼내 든다. 갑작스러운 사태에 객잔의 주인과 점소이들만이 벌벌 떨며 뒷문으로 도망쳐 병사들을 부르러 갔다.

개 가면 너머로 코웃음이 터졌다.

"어차피 네놈들을 살려 둘 마음 따윈 없었다."

그 말과 함께 뒤에 있던 가면인들이 일제히 앞으로 튀어

나가며 무사들과 맞닥뜨렸다.

채채챙!

"컥!"

"으아악!"

삽시간에 전열에 있던 무사들이 쓰러졌다.

가면인들의 손속은 잔혹하기 그지없었다. 매섭게 일격을 내지르며 철저히 약점과 사혈을 끊었다.

"네 이놈들! 그만 두지 못할까!"

그 순간, 이 층 난간에서 소율한이 분기탱천하며 아래로 몸을 날렸다.

그는 단숨에 허리춤에 있던 유엽도를 뽑아 가장 깊숙하게 들어온 원숭이 가면에게로 휘둘렀다.

챙!

원숭이 가면은 아주 여유롭게 소율한을 튕겨 냈다.

소율한은 허공에서 몸을 비틀며 가까스로 근방에 있던 탁상에 착지했다. 놓여 있던 쟁반들이 들썩이면서 아래로 우수수 떨어져 접시 깨지는 소리가 요란하게 울렸다.

"감히 벌건 대낮에 이런 무도한 짓을 저지르려 하다니! 하늘이 무섭지도 않더냐!"

그러나 원숭이 가면은 대꾸할 가치도 없다는 듯이 소율한에게 재차 검격을 날렸다.

퍽!

소율한이 딛고 있던 탁상이 말끔하게 반으로 잘린다.

그는 허공에서 제비돌기를 하면서 연거푸 세 차례 유엽도를 휘둘렀다. 도배(刀背, 칼등)에 걸려 있던 고리들이 요란하게 울렸다.

펑! 퍼펑!

원숭이 가면의 검격이 유엽도를 때릴 때마다 쇳소리보다는 공기가 터져 나가는 소리가 울려 퍼졌다.

소율한의 손속도 점차 어지러워지더니 곧 바닥에 왼쪽 무릎을 꿇고 말았다. 균형을 잃고 살짝 흐트러지는 사이, 그의 머리 위로 원숭이 가면의 검격이 떨어졌다.

챙!

소율한은 가까스로 검격을 막아 낼 수 있었다.

하지만 낯빛은 창백해지고 있었다.

보이지 않는 기파가 그의 손발을 옥죄고 있었다.

객잔이 소란스러워졌다.

사람들이 서로 도망치려 소란을 피워 댄 까닭에 순식간에 아수라장이 되었다.

무성은 최대한 피해가 나지 않게 사람들을 통솔했다.

미안한 일이지만, 싸움은 잠시간 낭인들과 홍가연 등에

게 맡겨도 될 듯싶었다.

다만, 한 가지 걸리는 점이 있었다.

'이 기운은……?'

"뭐야, 이거!"

순간, 짜증이 가득했던 홍가연의 얼굴이 경악으로 변했다. 자리에서 벌떡 일어난 그녀는 믿기지 않는다는 투가 되었다.

이학산이 묘한 미소를 지으며 물었다.

"느끼셨습니까?"

이제야 알겠냐는 말투.

눈빛도 꼭 사람을 깔보는 것 같아서 주먹으로 휘갈기고 싶었지만 꾹 참으며 물었다.

"이게 대체 뭐였죠?"

"본파의 상청호심(上淸護心)과 귀파의 복마대광(伏魔大光)을 흔들만한 것이 하나밖에 더 있겠습니까?"

"설마!"

이학산이 무겁게 고개를 끄덕였다.

"마기(魔氣)죠. 마공을 익힌 마인이란 뜻입니다."

"……!"

마인이라니!

북련과 남맹의 등장 이후, 강호를 종횡하는 수많은 마인들이 자취를 감췄다. 사파는 음지로 스며들어 흑도로 편입되었다.

이는 강호를 양분하는 두 세력이 모두 정파를 표방하기 때문이었다. 그 속은 패도를 지향할지라도 사파를 척결하는데 의견을 같이 하는 것은 똑같았다.

현 강호에 있는 이들 중 별호에 '마(魔)' 자를 단 이들도 손속이 잔인해서 붙은 것일 뿐. 대부분 마인과는 거리가 멀었다.

진짜 마인이라 할 만한 족속들은 중원을 떠나 청해 지역으로 모여들어 저들끼리 구대문파를 모방해 아홉 지류를 만들어 냈다. 이것이 구천마종의 시초였다.

그런데 마인이 나타났다고?

"하지만 저들은 마인이되, 마인이 아닌 듯합니다."

이학산의 말에 홍가연이 눈살을 찌푸렸다.

이건 또 무슨 헛소리란 말이냐?

홍가연의 눈빛을 받고도 이학산은 여전히 여유로웠다.

마치 지금 이 상황이 너무 재미있어 죽겠다는 듯.

"처음부터 마공을 제대로 익힌 자들이 아니란 뜻입니다. 모종의 이유로 수박 겉핥기식으로 익힌 것 같군요. 보시요. 무공이 보통 흔한 낭인들과 다른 점이 크게 없지 않습니까?"

홍가연은 그제야 원숭이 가면과 소율한의 대결을 제대로 지켜보았다.

검과 도가 부딪치면서 기파가 터져 나간다.

이따금 살갗이 따가운 공력이 흘러나오긴 하지만 큰 차이를 보이진 않는다.

"그러네요."

"그러니 마인이되 마인이 아니란 겁니다."

"그럼 저런 사람들이 왜 만들어진 거죠?"

"임의로 사용하기 위해 만들어진 게 아니겠습니까? 무공의 근원을 숨기기 위해서. 혹은 추적이 불가능한 흔적을 만들기 위해서. 이를테면……."

이학산의 시선이 어느덧 소율한을 따라 밑으로 내려간 낭인들과 부딪치고 있는 가면인들을 보았다. 그는 어느새 등에 매단 검집 쪽으로 손을 가져갔다.

"자객질을 하러 왔다거나."

"……."

홍가연은 입을 꾹 다물었다.

짜증과 경악이 번갈아 움직이던 눈빛이 어느덧 깊게 가라앉았다.

아주 짧은 침묵 끝에 그녀가 내뱉은 말은,

"니미럴. 엿 같네."

……아주 상스러웠다.

"염병할 잡것들. 거지발싸개 같은 것들이 감히 날 건드려?"

으드득!

이를 바득바득 갈아 댄다.

두 눈에서는 인광이 솟구쳤다. 분노를 장작 삼아!

여태 뚱한 표정으로 말을 하지 않아서 그렇지, 사실 그녀는 사천 일대에서도 알아주는 선머슴이었다. 사내들보다도 더한 잔학한 손속과 걸쭉한 욕설로도 유명했다.

홍가연은 이학산의 눈빛이 호선을 그리기 시작했다는 사실도 깨닫지 못한 채, 옆쪽에 가지런히 두었던 짐짝이 있는 곳으로 손을 뻗었다.

그러자 신기하게도 짐짝을 둘러싸고 있던 보자기가 스르르 흘러내리더니 딸칵 하고 뚜껑이 열렸다.

안에 설치된 기관장치가 돌아간다. 속에 들어 있던 일 장 길이의 은색 장창이 튀어나와 홍가연의 손아귀로 빨려 들어갔다.

복마창(伏魔槍)!

아미파 내에서도 오로지 당대 난엽항마십이창(亂葉降魔十二槍)의 전승자들에게만 내려진다는 신병이었다.

홍가연은 난간 밖으로 훌쩍 뛰어내렸다.

쿵!

마치 무게가 없는 깃털처럼 사뿐히 앉았건만, 도리어 가면인들이 객잔을 부수고 들어왔을 때보다 더한 굉음이 울렸다. 그녀가 디딘 땅은 한 치 이상 내려앉았다.

자연스레 안에 있던 이들의 모든 시선이 그녀에게로 쏠렸다. 가면인, 낭인, 손님들 누구 가리지 않고 놀란 눈으로 그녀를 쳐다보았다.

만인의 집중을 받으면 부끄러울 법도 하건만, 홍가연은 도리어 콧방귀를 꼈다.

“눈 안 깔아, 이 개자식들아?”

우아하고 고상하신 사문의 사형제들이 알았다면 길길이 날뛸 만큼 걸쭉한 욕지거리를 내뱉는다. 흑도인에 못지않은 찰진 욕설이었다.

“오늘 복날 개 쳐 맞듯이 쳐 맞을 줄 알아라. 개 잡종들아. 아니, 개만도 못한 것들아.”

두 눈이 시퍼런 살기를 띤다.

마인을 뼛속보다 더 깊게 증오하기에 벌어진 일이다.

쿵!

백 근이 훌쩍 넘는 엄청난 무게의 복마창이 다시 바닥에다 깊은 홈을 내더니 묵직한 파공음을 일으킨다. 뻣뻣한

창날이 놈들에게로 향해졌다.

개 가면은 그런 홍가연과 여전히 위층에 있는 이학산을 번갈아 보더니 물었다.

"항마신녀(降魔神女)와 적하만리(赤霞萬里). 맞나?"

항마신녀는 홍가연을, 적하만리는 이학산을 가리킨다.

홍가연이 뒷골목 왈패처럼 목을 외로 꼬았다.

"맞는다면? 어쩔 건데?"

"어쩌긴."

개 가면 너머로 바람 빠진 소리가 새어 나왔다.

"죽어 줘야지."

그 말이 신호탄이었다.

쾅!

소 가면을 쓴 거구의 사내가 튀어나왔다.

땅을 박차는 것과 동시에 검을 깊이 찔러 들어온다.

"흥!"

홍가연은 가당치도 않는다는 듯 코웃음을 치며 왼손에 들고 있던 복마창을 뒤집으면서 청강검을 옆으로 튕겨 내고, 오른손으로 창두 부분을 잡으며 우측으로 틀었다.

반월 모양으로 날아드는 창날은 위로 쳐 오른 청강검에 맞부딪쳤다.

채챙!

쇠와 쇠가 부딪치는 소리가 울리면서 복마창과 청강검이 맞물려 돌아간다.

기세와 기세의 싸움.

우―웅!

복마창은 제 주인만큼이나 성격이 급한지, 감히 자신의 앞길을 막아선 청강검을 으스러뜨리고자 부르르 몸을 떨면서 더 큰 힘을 실었다.

난엽항마십이창!

소림사가 권과 곤으로 유명하듯, 아미파는 계도와 창으로 유명하다. 특히 여승들이 일갈대성과 함께 창을 내지르는 솜씨는 산자락을 떨쳐 울릴 정도라고 한다.

홍가연이 다루는 복마창은 무게만 해도 백 근이 너끈히 넘어간다.

보통 장정들도 쉽게 들 수 없을 정도로 대단한 무게지만, 홍가연에게는 한 손으로 너끈히 들고도 일 리를 족히 달릴 수 있을 정도로 가볍기만 하다. 호리호리한 체구와 달리 타고난 장사꾼인 것이다.

덕분에 난엽항마십이창은 보통 잎사귀가 바람에 나풀거리듯이 어지러워야하지만, 홍가연의 것은 무게까지 실려서 무시무시한 위력을 자랑한다.

콰콰쾅!

소 가면은 뒤늦게야 홍가연의 복마창이 자랑하는 무게가 예측했던 것보다 훨씬 뛰어나자 놀란 눈치였다.

그러나 녀석은 절대 물러서지 않았다.

보통 복마창에 실린 무게를 보고 화들짝 놀라는 보통의 적과는 다르게 도리어 조소를 띠는 게 아닌가!

소 가면을 대신해 개 가면의 웃음소리가 울렸다.

"우리가 설마하니 네 연놈들을 죽이러 왔으면서 이런 것도 모르고 찾아왔겠나?"

"……!"

홍가연이 놀라서 고개를 옆으로 돌리려는 순간, 우측에서 무언가가 훅 하고 나타나더니 단숨에 홍가연의 옆구리를 갈라 왔다.

고양이 가면. 호리호리한 체구의 다른 녀석이었다.

홍가연은 고양이 가면을 상대하고자 반대쪽 창대를 안쪽으로 잡아당기고자 했으나, 먼저 상대하고 있던 소 가면이 이를 용납하지 않았다.

쿠쿵!

갑자기 마기가 터져 나온다.

청강검에 상당한 공력이 실린다.

복마창 따윈 종잇장처럼 찢을 수 있을 만큼 아주 묵직한 무게.

쿠쿵!

잿빛 마기가 폭풍우처럼 뿌려대며 청강검이 위에서 아래, 수직으로 떨어졌다.

덕분에 복마창이 균형을 잃고 비틀거렸다.

그사이 고양이 가면이 단숨에 그녀의 목젖을 찔러 왔다. 무게를 가중시킨 소 가면과 다르게 녀석의 마기는 현란한 검초를 자랑했다.

따당!

하지만 고양이 가면은 목적을 달성하지 못했다.

또 다른 검이 별안간 튀어나오더니 위로 쳐 낸 것이다. 어느덧 아래로 내려온 이학산이었다.

“놈들은 우리를 잡고자 온 자객들입니다. 사천에서 상대하던 그저 그런 마졸 나부랭이들과 똑같이 여기면 안 될 것 같군요.”

이학산은 예의 재수 없는 미소를 씩 지어 보이더니 검을 사방팔방으로 뿌려 댔다.

검신에 맺혔던 기운이 물씬물씬 풍긴다.

붉은색 기운. 안개처럼 자욱하게 퍼져 나가는 기운의 무리 사이로 번뜩이는 검은 아주 매서웠다.

청운검법(青雲劍法)과 함께 청성파를 상징하는 이절검학(二絕劍學)으로 꼽힌다는 적하검법(赤霞劍法)이다.

갑작스러운 참여에 고양이 가면도 손발이 어지러워진다.

그러나 여태 진팽과 방홍 등을 거의 반죽음 상태로 몰아갔던 토끼 가면과 거북이 가면이 이쪽으로 가세했다.

녀석들이 뿌린 잿빛 마기는 단숨에 붉은색 안개를 찢어버리고, 빈자리를 자신들의 색으로 재차 물들였다. 그 아래로 두 개의 검이 날카롭게 빛을 번뜩였다.

콰콰쾅!

결국 가면인들은 둘씩 짝지어 홍가연과 이학산을 누르고자 했다.

녀석들은 이미 상당한 실력자임에도 불구하고 연수합격이 너무나 잘 맞았다.

오랫동안 손발을 함께 맞춰 온 사이가 틀림없었다.

거기다 마기까지 아끼지 않고 줄줄 흘려 대니 서서히 힘들어졌다.

'젠장!'

홍가연은 목젖을 찔러오는 검을 가까스로 튕겨 내며 이를 악물었다.

'대체 어디서 우리의 행적이 노출된 거야? 어떤 기름에 튀겨 먹을 새끼가 다 떠들어 댄 거냐고!'

각 문파에서도 장문인과 몇몇 책임자 외에는 전혀 모르

는 사안이었는데.

대체 어떻게 알았을까?

더군다나 가장 큰 문제는 이들의 정체였다.

청성과 아미는 아직 일어날 준비만 하고 있을 뿐, 근 몇십 년간 강호에 의사를 개입한 적이 없다.

그러니 원한을 살 이유도 없는데 이렇게 자객들을 만나게 되었으니 머리가 어지럽다.

더군다나 증거 인멸을 위해 마공을 익히게 한 점이나, 위치와 시간을 정확히 꾀고 있었던 것으로 봐서는 아주 치밀한 사전 공작이 있었음이 틀림없었다.

이학산은 무언가를 짐작한 눈치였지만, 그 역시 승부를 제대로 보지 못하는 상황이라 물을 수가 없었다.

아니, 묻고 싶어도 그러고 싶지가 않았다.

뻔뻔한 낯짝에 매번 싱글벙글 웃기만 하던 모습을 떠올리니 약이 더 오른다.

'게다가 이 궁장은 왜 입어 가지고! 이런 개고생을 해야 하는 건데!'

번번이 움직임을 방해하는 궁장 때문에 화가 치민다.

소 가면과 고양이 가면도 그런 그녀의 약점을 깨닫고 빠른 움직임으로 공략을 시도했다.

때문에 복마창을 휘두르는 속도가 차츰 느려졌다.

옷 여기저기가 찢기며 하얀 살갗이 드러난다.

너덜너덜한 궁장 너머로 언뜻 비치는 굴곡 있는 몸매는 사내의 상상력을 자극해 애간장을 태우게 하기에 충분했다.

하지만 두 가면인은 마치 감정이 거세된 듯이 무덤덤하기만 하다.

도리어 홍가연이 몸을 가리기를 바라는 눈치다.

더 처치하기 쉽도록.

"아아악! 제기랄! 불편해 죽겠네!"

결국 홍가연은 화를 참지 못하고 치마 밑단을 잡고 우악스럽게 뜯었다.

뽀얗고 매끈하게 잘빠진 다리가 훤히 드러났다. 그러나 아랑곳하지 않고 양팔의 소매 부분도 시원하게 걷어 올렸다. 더불어 흉부를 꽉 조이던 가슴 섶도 풀어헤쳤다.

"후우! 이제 좀 살 것 같네. 진작부터 이럴걸."

두 가면인들이 눈을 차갑게 빛낸다.

물론 홍가연은 되레 콧방귀만 꼈다.

"보는 눈은 있어 가지고! 눈깔아, 새끼들아!"

복마창이 훨씬 더 수려한 빛을 토해 내기 시작했다.

쿠쿠쿠!

풍압에 의해 나무 바닥이 부서지며 위로 튀어 올랐다.

*　　*　　*

무성은 홍가연과 이학산이 대신 맡아주는 동안에 다친 이들을 후문으로 대피시켰다. 개중에는 거의 죽다 살아난 진팽과 방홍, 이백태도 있었다.

다시 돌아왔을 때, 객잔 안에는 전투가 한창이었다.

마기를 줄줄 흘리는 가면인들.

기질이 정주유가에서 대면했던 야별성의 마인들이 흘리던 것과 아주 유사했다.

크게 신경 쓸 일은 아니었다. 어차피 초왕부의 영지가 근방이니 야별성과 관련된 놈들이 있다고 해도 이상한 일이 아니었다.

다만, 문제는,

'낯이 익어.'

제아무리 얼굴을 가렸어도 사람에게는 저마다 다른 기질이 있는 법이다.

하물며 영통안을 얻은 무성의 감각은 절대적이었다.

마공을 익혔다는 점이 달랐지만, 분명 녀석들은 그와 면식이 있는 자들이었다.

'확인해 보자.'

무성은 단숨에 전장으로 뛰어들었다.

*　　*　　*

"그런대로 잘 끝나겠군."

전황을 지켜보던 개 가면은 차갑게 웃었다.

이대로만 간다면 아미와 청성의 두 고수를 암살하는 데는 전혀 지장이 없을 듯했다.

"흐흐흐! 이제야 인생이 좀 풀리겠어."

원하는 대로 멋대로 삶을 살면서 북막을 떠돌아다니길 십여 년.

드디어 풍요로운 중원에 정착할 수 있겠다는 풍운의 꿈을 안고 강호로 흘러들어 왔다가, 웬 이상한 놈팡이에게 걸려 무공이 전폐당하고 동정호에 구금되고 말았다.

그 후에 얼마나 개고생을 해야 했던가!

무공을 되찾고, 반란을 일으키고, 마공을 얻고, 의뢰를 받아 자객이 되어 여기에 오기까지.

지금도 생각하면 이만 갈린다.

이번 일만 끝나면 하남에 있을 놈을 통째로 갈아 마시러 달려갈 참이었다.

어딘가에 쥐새끼처럼 숨어 있을 대장과 함께.

"이제 슬슬 마무리를 해 볼까?"

팽팽한 대치 상황. 개 가면은 자신이 개입하면 일이 금방 끝나리라 믿어 의심치 않았다.

그도 그럴 것이 다른 가면인들과 달리 그가 이룬 마공의 성취는 배를 훌쩍 넘을 정도였으니. 홍가연이든 이학산이든 일대일로 붙어도 지지 않을 자신이 있었다.

그때 갑자기 개 가면 앞으로 매서운 바람이 몰아쳤다.

동시에 유령처럼 불쑥 나타난 한 사내.

"상철(桑哲). 네가 왜 여기에 있는 거지?"

상대를 확인한 개 가면의 두 눈이 부릅떠졌다.

하남에 있어야 할 놈이 왜 여기에 있단 말인가!

"역시. 반응을 보니 맞군. 유부도에서 사라졌다 싶더니 여기에서 이딴 짓이나 하고 있었나?"

무성이 차가운 말투로 소리친다.

개 가면, 아니, 한때 혈랑단의 부단주였던 상철의 머릿속으로 경종이 울렸다.

언젠가 자신들을 나락으로 떨어뜨린 진무성을 잡으러 갈 참이었지만, 그것은 어디까지나 마공을 대성했을 때에나 이야기이지 지금은 아니지 않은가!

단신으로 혈랑단을 일거에 제압하던 무지막지한 신위가 떠오른다.

그는 사색이 된 채로 쥐고 있던 검에 공력을 한껏 불어넣어 세게 휘둘렀다. 잿빛 강기가 쭉쭉 일어나더니 폭음과 함께 녀석의 눈앞에서 폭사했다.

변령귀귀공(變靈鬼鬼功)!

자신들을 새로이 태어나게 해 준 마공이다.

이것이 놈을 쓰러뜨려줄 것이란 기대는 않았다.

하지만 최소한 시간을 끌어줄 수는 있을 터였다.

달아날 수 있는 시간을!

같이 함께 온 수하들의 안위 따윈 중요치 않았다.

조금이라도 빨리 이 지옥 같은 곳에서 도망쳐야 한다는 생각밖엔 없었다.

하지만,

"곤호심법을 익힌 줄 알았더니 딴 것을 익혔군? 이깟 것으로 어떻게 할 수 있을 줄 알았나?"

쐐애—액!

폭사된 잿빛 강기가 갈가리 찢겨 나가는 소리와 함께 날카롭고 뾰족한 무언가가 상철의 등허리에 작렬했다.

"컥!"

섬전은 척추를 끊고, 단전을 부수고, 단숨에 기맥을 휘돌아 혈맥과 근맥을 모두 가닥가닥 끊어 버렸다.

내장도 대부분 파열되었다. 남은 것이라고는 숨통이 붙

을 수 있게 심장과 허파, 그리고 떠들어 댈 수 있는 입이 전부였다.

상철은 달리던 그대로 앞으로 고꾸라졌다.

찢긴 복부 사이로 흘러나온 핏물이 웅덩이처럼 퍼져 그의 얼굴을 가득 물들였다.

"으어어……!"

겁에 잔뜩 질린 채로 아등바등거린다.

하지만 몸은 일절 움직여지지 않았다.

위로 살짝 올라간 왼쪽 눈가로 그림자가 드리웠다.

지옥의 유황불을 눈덩이 위로 풀풀 태우는 것처럼 보는 것만으로도 오싹하기 이를 데 없는 눈빛이다. 무성은 염라대왕이 선고를 내리듯이 무미건조한 목소리로 물었다.

"어떻게 된 건지 설명해. 전부."

〈다음 권에 계속〉

DREAMBOOKS